부부의 삶

부부의 삶

김영성 지음

쏠트라인
SALTLINE

■ 머리말

설렘으로 가득 찬 봄기운처럼 우리 부부가 젊고 예쁜 모습으로 만난 것이 엊그제 같은데 어느새 많은 세월이 흘러 중년을 훌쩍 넘겼다.

그동안 지낸 세월을 돌이켜 보면 우리 부부의 삶도 평탄하지만은 않았던 것 같다. 때로는 다투기도 하고 갈등 속에서 혼란을 겪기도 하였다.

부부란 첫 관계부터 사랑으로 잘 이루어져야 하고 세월이 갈수록 그 관계가 어긋나거나 소홀해지지 않도록 서로가 끝까지 노력하는 자세가 중요하다.

부부가 살다 보면 많은 우여곡절을 겪게 되고 시련과 고통도 맛보게 되어있다.

길다면 긴 인생이지만 지나간 세월은 왜 그리 짧은지 모르겠다.

이제 지난 세월을 거울삼아 서로의 늙음을 보면서 나름대로 반성의 시간과 함께 부부의 삶에 대하여 내 생각을 정리해 보았다.

이 책이 오월 부부의 달 즈음 발행되어 그 의미와 감회가 더욱 새롭게 느껴져 흐뭇하다.

이제 성년이 되어 결혼을 준비하는 청춘의 나이부터 노년의 부부에 이르기까지 모든 분이 이 책을 편하게 읽고 삶에 도움이 되는 시간이 되었으면 한다.

이 지면을 통해 모든 부부가 행복한 삶을 영위하기를 기원해 본다.

2023년 5월 지은이

|차례|

제1장 들어가며

제1장 들어가며

젊었을 때는 느리게만 가던 세월이 훌쩍 지나 어느덧 내 나이도 황혼기에 접어들었다. 내가 이 글을 쓰게 된 동기는 우리 부부가 모범적인 부부이기 때문이 아니다. 이제까지 40여 년 부부생활을 하면서 경험하고 느낀 점들을 통해 아직은 젊은 부부들에게 조금이나마 도움이 될까 싶어서이다. 아무쪼록 부담 없이 이 글을 읽어 주었으면 한다.

부부는 필요에 따라 서로 만능의 역할을 해야 한다. 성생활 상대자, 친구, 애인, 보조자, 조력자, 상담자, 조언자, 봉사자, 가족 부양자, 요리사, 조리사, 지킴이 등 그밖에도 셀 수 없이 해야 할 역할이 많다. 부부는 어떤 상황이나 필요에 따라 이에 대응할 수 있는 역할 관계가 되어야 한다.

부부란 결혼한 한 쌍의 남자와 여자를 말한다. 결혼이

란 남자와 여자가 부부관계를 맺는 정식절차이다.

결혼식을 통해 얻어지는 효과는 다음과 같다.

첫째 결혼 당사자인 남자와 여자가 부부됨을 서약하고 선포하는 자리이다.

둘째 신랑과 신부의 양 가족 간에 서로 새로운 관계가 맺어짐을 인정하는 자리이다.

셋째 지인이나 주변인들의 축하 속에서 두 사람의 혼인 사실을 알리는 효과가 있다. 또한 서로 협조하여 잘 살아 보자는 의미도 있다고 본다.

넷째 혼인을 축하하는 자리로써 축제의 자리이며 서로 돕는 부조의 자리이기도 하다.

다섯째 무엇보다 두 사람 사이가 부부관계임을 천명하고 혼인 당사자들의 마음을 공고히 다지는 자리이다.

여섯째 평생 한 번만으로 이루어질 수도 있는 기록으로 남길 추억의 날이다.

부부란 순수한 우리말로 가시버시라고 하는데 이는 부부를 겸손하게 이르는 말이다.

정식부부로서 법적으로 인정받으려면 관청에 혼인신고를 해야 한다.

원시시대에는 여성 혈통 중심의 모계사회였을 것으로 추측하고 있다. 그 당시에는 난혼으로 남자는 일정한 거처가 없이 떠돌며 생활한 것으로 보는 것이다. 이렇게 해서 여성을 중심으로 한 가족이 형성되었으리라고 보는 것이다. 가족 단위가 커지고 또 다른 혈족의 가족과 함께 모이면서 부족이 형성되었을 것으로 본다. 그러다가 부족의 단위가 커지고 강성해지면서 부족 간에 다툼이 일어나 남자의 힘이 절대적인 부계사회로 바뀌게 되었다고 보는 가설이 대다수이다.

요사이 남녀평등에서 여성우대 정책으로 선회하는 바가 많아 다시 모계사회로 복귀하나 하는 생각도 가끔은 든다. 그 대표적인 것이 전통적으로 유지해오던 족보문화의 의미를 생각해 보게 하는 2008년 호주제의 폐지라고 본다. 그 결과로 호적제도가 없어지고 가족관계등록부를 통해 기록되게 하였다. 이에 따라 남성 중심의 가족관계가 무너지고 여성의 성도 따를 수 있게 한 것이다.

성의 평등만을 주장하기에 앞서 조상의 뿌리를 유지하려면 앞으로 어떻게 대처할 것인가에 관한 나름의 연구와 제도 개선에 고심해 보아야 할 것이다.

핵가족화와 서구화에 따른 사회의 변화와 화장에 의한 장례문화의 변화로 자칫 조상에 대한 의미가 퇴색되어 가는 것은 아닌가 싶다.

조상의 뿌리를 지키는 것은 민족정신을 지키는 것이요 가족문화의 중심을 찾는 것이라고 생각되기 때문이다. 따라서 자연스럽게 경로효친敬老孝親의 문화도 지킬 수 있다고 본다.

혼인제도도 조선시대까지는 대개의 경우, 부모가 정하는 집안 간의 혼인문화로 이루어졌다. 우리가 이렇게 자유롭게 결혼관을 가지고 배우자를 선택하게 된 역사는 그리 길지 않다.

결혼에 관한 풍습은 시대마다 다르고, 나라마다 다르며, 나라 안에서도 지역마다 조금씩 다를 수 있다.

서구의 고대 철학자 소크라테스는 결혼하는 것이 좋은 건지 아니면 나쁜 건지에 대한 질문의 대답에 어느 쪽이라도 후회할 것이라고 답하였다고 한다. 일반적인 면에서는 결혼하고 후회하는 것이 낫다고들 한다.

요사이 결혼에 대해 생각하지 않고 독신을 꿈꾸는 이들이 늘어가고 있어, 사회문제화될 염려가 있어 보인다.

좋은 배우자를 만나는 것은 누구나의 꿈이다. 동화에 나오는 백마 탄 왕자나 어여쁜 공주를 떠올린다. 그러나 현실은 전혀 그렇지가 않다.

속담에 "여자 팔자 두레박 팔자"란 말이 있다. 어렵게 살던 시절에 여자는 시집만 잘 가면 된다는 말이다. 지금에 와서는 서로가 배우자를 잘 만나야만 평생 행복한 삶을 살 수가 있다. 배우자의 만남은 자신의 삶에 많은 영향을 미치기 때문이다.

소크라테스의 아내는 악처라고 세상에 알려져 있다. 그러나 그 시대를 겪어보고 살아보지 않은 한 그 사실을 서술하기는 조심스럽다.

소크라테스는 결혼관에 대하여 "결혼은 반드시 해야 한다. 좋은 아내를 만나면 행복할 것이고, 나쁜 아내를 만나면 철학자가 될 테니까"라고 말했다고 한다. 따라서 부부는 각자가 오랫동안 부부생활을 하면서 나름의 인생 철학이 만들어질 것이라고 본다.

이 책에서는 결혼하기 전부터 결혼관을 어떻게 가질 것인가에 대하여 생각해 보고, 결혼 후의 부부관에 대하여 서술해 보았다.

부부생활에서 중요한 부분이 성생활이라서 이 부분에 대해서도 다루었고 가족에 대한 부양 등을 살펴보았다.

마지막으로 배우자의 탈선(외도)과 부부가 해체로 가는 길에 대하여 생각해 보고 내 나름의 회고를 통한 부부의 길을 제시해 보았다.

제2장 부부관에 대하여

제2장 부부관에 대하여

부부는 가족의 핵심단위이며 평등한 존엄체이고 사랑을 바탕으로 자연의 섭리에 따라 성적 즐거움을 구가謳歌하면서 자녀를 생산한다.

이런 부부관에 대하여 다음과 같이 정리해 본다.

■ 부부는 분신과 같은 동반자다

같은 집, 같은 방, 같은 이부자리 속에서 살을 맞대고 살아가야 하며, 대부분의 생활을 같이 해야 한다. 때로는 같은 생각으로 지혜를 모아야 하고, 공동체의 삶 속에서 의식주를 해결해야 하며, 세상의 온갖 어려움에 대항하여 힘을 모아 헤쳐나가야 한다.

■ 부부는 서로 맞춰서 살아야 한다

부부는 남자와 여자라는 신체적인 면에서도 다르고, 성격, 기호, 식성, 살아온 환경, 생각 등 모든 면에서 다를 수 있다. 따라서 이를 인정하고 이해하면서 배려하고 살아야 한다. 다름에 대해서는 서로 공동의 합일점을 양보하에 슬기롭게 찾아 맞춰 살아야 한다. 모든 게 만족스러운 배우자를 만나기는 어렵다. 부족한 부분은 부부가 살아가면서 서로 맞춰가야 한다.

■ 경제력의 공동 구축

옛날에는 남자가 생활주축이 되어 어떻게든 돈을 벌어서 가족을 먹여 살려야 했다. 그러나 지금은 부부가 공동으로 경제력 확보에 노력하여야 한다고 본다. 부부직장인 또는 맞벌이부부 체제로 바뀌어 가고 있는 것이다. 배우자가 벌어 온 돈을 서로가 알뜰하게 관리하여 탄탄한 경제력 확보에 힘써야 한다. 경제력은 가족을 이끌어가는 기본 원동력이며 행복의 근원이다. 빈곤한 살림은 어떠한 행복을 말하더라도 구차한 변명에 불과할 수밖에 없다.

■ 부모와 자식 등 가족의 부양

부부간에 가정을 이루어 살다 보면 부모나 자식 등 부양해야 할 가족이 생긴다. 가족은 부부가 같이 협력하여 돌봐야 한다.

옛날에야 부모와의 갈등으로 문제가 많았지만 지금은 많이 개선되었다고 본다. 만약에라도 갈등이 조성될 경우 부부가 합심해서 해결방법을 찾아야 한다. 여러 여건으로 해결이 어려우면 주변 사람들의 도움을 받거나 전문 상담기관을 통해 해결방법을 찾으면 된다.

가족의 일은 되도록 자체 해결방법이 제일 좋다. 서로 조금씩 양보해서라도 가족 간에 만들어진 갈등의 합일점을 찾아가면 좋다.

가족의 부양은 부부의 의무이기도 하다.

■ 부부관계 유지 노력

부부간에 권태기나 갈등, 탈선, 부양능력 상실, 돌발적 사고 등으로 자칫 부부관계의 유지에 위험이 찾아올 수 있다.

그래도 이혼을 쉽게 생각하지 말고 어떻게든 부부관계 유지에 둘 다 노력하여야 한다. 부부관계에 있어서는 일방적인 사랑과 희생의 강요보다는 서로가 같이 나누고, 협력하고, 공유하면서 끊임없이 노력하는 자세가 필요하다. 때로는 속에 없는 인사치레적인 말도 해야 하고 솔직한 고백이나 요구도 해야 서로의 고충을 알 수 있다. 부부니까 알아서 해주길 바라는 소극적인 태도는 자신에게 여러 가지 불만만이 더 쌓일 수 있다.

휴대폰 문자 보내기를 통해 수시로 자신의 근황을 알리고 사랑의 표현도 자주 할수록 좋다. 부부관계를 원만하게 유지하는 한 방법으로 끊임없는 관심의 표현이 있다. 지속적인 관심을 표현함으로써 서로에 대한 신뢰감이 꾸준히 쌓이게 된다.

또한 원만하게 부부생활을 하려면 배우자의 과거 잘못은 과감하게 잊어야 한다. 그리고 모든 잘못은 용서가 답이라고 본다. 세상을 살아가다 보면 더한 일이 많이 일어난다는 것을 나는 실제 경험을 통해 체험하였다.

이혼으로 인하여 얻어지는 결과는 고통과 아픔 뒤에 큰 상처뿐이다. 이 상처는 본인들만의 것이 아니라 가족 구성원 모두에게 남겨주는 것이다.

아무리 큰 잘못도 나이 들어 지내놓고 보면 부질없고 하찮은 일이었다는 생각이 들 수 있다.

어려움에 처할 때는 침착하게 대응하여야 한다. 단 한 순간의 충동적인 생각으로 일을 저지르거나 결정하지 말고 주변인의 충고나 전문 상담자를 찾아 해결점을 모색해 보아야 할 것이다.

슬기롭게 부부관계를 유지해 나가는 것이 최상의 방법이라고 생각한다.

■ 대화 상대자로서의 역할

살다 보면 갖가지 난관에 부딪힌다. 이때는 서로 대화로 위로해 주고 충고로 도움을 주는 역할을 해야 한다. 부부간의 대화는 매우 중요하다. 잦은 대화는 신뢰를 낳고 끈끈한 사랑과 동아줄 같은 정을 만들어 준다.

또한 대화가 있기에 외롭지 않으며 격려와 칭찬의 말에 더 큰 힘을 얻고 상처받은 마음이 치유될 것이다.

■ 가사의 분담과 공동노력

옛날에는 남녀 간에 가사 역할이 뚜렷하였다. 그러나 지금은 그 영역의 한계가 애매해졌다. 가사 공동분담의 시대가 된 것이다. 이는 양성평등과 부부직장인에 기인한 영향이 크다고 본다.

가사분담으로 다툼을 만들면 부부갈등으로 이어질 수 있다. 때로는 서로 양보하고 사랑하는 배우자를 위해 조금은 희생하는 정신도 필요하다.

가사분담으로 인해 싸우는 것은 어리석은 이기심의 발로라고 생각한다. 부부는 서로 이겨 먹으려 하거나 자신의 편함만을 추구하면 안 된다. 바쁘다는 것은 다 핑곗거리라고 생각한다. 보는 눈과 생각이 게으른 탓이라고 본다. 바쁘면 바쁜 대로 살다 보면 충분히 해결될 수 있다.

부부간에 조심하여야 할 것은 자신의 입지를 굳히려는 자존심이다. '내가 직장에 나가면 과장인데'라고 생각하며 집에까지 직장을 연장하려는 것은 잘못된 생각이다. 직장을 벗어나면서 모든 직책을 벗어 놓고 사회생활이나 가정생활에 임하여야 한다.

가정에 돌아오면 가족의 일원이라는 것을 잊어서는 안 된다. 따라서 가사 일에 소홀히 하면 안 된다고 본다. 직장에 나가면 직장에 충실하고 가정에 돌아오면 가정일에 충실해야 한다.

■ 부부동반 가정행사 추진

부부와 관련한 집안행사가 많이 발생한다. 양쪽 집안 관혼상제冠婚喪祭 등 갖가지 행사가 생겨난다. 부부가 같이 협력하여 행하여야 할 일들이다.

가족행사를 통해 가족의 유대를 강화하고 상부상조하는 협력 정신을 기른다. 또한 가족의 역사를 만들고 후대에 본보기를 만들어 따르도록 하는 역할을 한다고 본다. 따라서 가족행사를 소홀히 하면 안 된다.

■ 성적 쾌락을 나눌 수 있는 상대

부부의 가장 중요한 부분일 수도 있다. 이 부분은 다른 장에서 세세하게 다루겠지만 인간의 기본 욕구이기도 하다. 부부는 순결의 의무와 성에 응해야 하는 의무가 있다.

성행위를 기피하거나 이유 없이 거부하는 경우에는 이혼으로 이어질 수 있다.

부부가 성생활을 원만하게 누리는 것도 행복한 부부생활로 가는 길 중의 하나라고 본다.

■ 신뢰 구축에 대한 노력

부부간에는 신뢰가 생명이다. 설혹 잘못을 저질렀다면 과감하게 용서를 구하고 신뢰를 회복하도록 노력해야 한다. 배우자가 싫어하는 행위나 도리에 어긋나는 행위를 해서는 안 된다. 부부가 이 세상을 같이하는 날까지 행복하게 살기 위한 제1조건이다.

부부의 신뢰감 형성은 행복한 부부생활의 근간이다.

■ 배우자는 소유물이 아니다

부부는 남자와 여자의 관계이기도 하지만 별개의 인간 개체이다. 모든 것을 똑같이 하거나 그 뜻을 다 맞춰줄 수도 없을뿐더러 몸이 다르기 때문에 생리적인 현상이 각기 다르다. 이런 인간의 기본적인 생리현상까지 통제하려고

들면 서로가 피곤해지고 곤경에는 파경에 이를 수 있다.

때로는 자유롭게 놓아주고 이해해주며 눈감아 주어야 할 때가 있다.

혼자만의 자유 시간을 원할 때는 허락해 주어야 한다. 항상 내 곁에만 있기를 바라는 강박적인 삶은 둘 다 불행해질 수 있다.

과도한 집착은 배우자를 피곤하게 하고, 가슴 아프게 할 수 있으며, 때로는 큰 불행을 가져올 수 있다.

■ 배우자 프라이버시privacy 지켜주기

부부라 할지라도 사회생활을 하다 보면 모든 사람과 얽혀 살아간다. 이런 관계에서 서로 밝히기 싫은 일도 있고, 봤어도 모른 척 넘어가 주기를 바라는 부분도 생긴다. 아무리 부부라고 해도 휴대폰을 몰래 검사한다든지 밝히기 꺼려하는 사생활을 밝히려 들면 인격모독이요, 사생활 침해가 된다. 부부간에 사생활 부분은 철저하게 지켜줘야 한다고 본다.

부부간에 격이 없어야 한다느니 비밀이 없어야 한다는

의미와는 다르다.

프라이버시는 배우자이기 전에 인간이 기본적으로 누려야 할 개인의 인격부분이라고 본다.

■ 부부간의 존중

부부는 서로 존중해주는 자세가 필요하다. 대놓고 무시하면 서로 관계가 멀어질 뿐이다. 끝까지 행복하게 같이 가려면 배우자를 탓해도 안 되고, 되도록 다툼을 만들어서도 안 된다. 항상 존중하는 마음으로 대하면 서로에게 기쁨이요, 행복이 가득하리라고 본다. 존중하는 마음이 생기면 모든 것이 용서되고 희생정신도 발휘된다.

■ 사랑의 마음을 가져라

부부간에는 당연히 사랑의 마음을 가져야 한다. 그러나 오래 살아가다 보면 사랑보다 어떤 관계에 의해 살아가는 듯하다. 그러나 진정한 행복을 가지려면 처음 만났던 사랑의 감정을 유지하도록 노력하여야 한다.

이런 사랑이 있다면 부부관계에서 일어나는 만사를 무

난하게 해결해 줄 것이라고 본다.

■ 스트레스를 주지 마라

직장에서나 사회생활에서 발생한 스트레스는 집에서 풀어야 된다. 그런데 집에서 또 스트레스를 받으면 방황하는 마음이 생긴다. 그러면 가정을 멀리하게 되고 각자의 삶을 추구하게 된다. 이는 불행으로 가는 길이 되고 만다.

가정은 스트레스를 푸는 곳으로 항상 화기애애和氣靄靄한 분위를 만들도록 서로가 노력하여야 한다.

가족이라는 울타리의 화목한 분위기는 부부가 만드는 것이다. 배우자의 고충도 살펴주고 위로해 주려고 노력할 때 진정한 가정의 고마움을 느끼며 행복감을 가질 것이다.

■ 부부간 폭력은 안 된다

부부간에 다투다 보면 욕설 등의 언어폭력을 하게 되고, 더 지나치면 신체폭력으로까지 번지게 된다. 옛날에는 부부간에 때리고 싸워도 이웃에서 말리는 것으로 끝났다. 그러나 지금은 경찰에 신고함으로써 복잡한 가정문제로 비화될 수 있다.

폭력은 서로에게 큰 상처를 남기고 부부관계를 유지하기 어렵게 만들 수 있다. 폭력은 야만적인 행동이고 가정파탄으로 갈 수도 있는 길임을 명심하여야 한다.

배우자에 대한 폭력은 어떠한 경우에도 행해져서는 안된다. 다툼이 생겼다면 현명한 판단에 의한 대화 그리고 용서하는 마음으로 풀어야 한다. 배우자를 겁박하거나 고통을 주는 행위로는 해결책이 되지 못한다.

폭력은 폭력을 낳는다고 하였다. 폭력을 쓰다 보면 자신도 모르게 습관처럼 굳어지게 되어있다. 습관적인 폭력은 배우자를 고통에 빠뜨릴 뿐이다.

■ 되도록 비밀을 만들지 마라

떳떳한 부부가 되려면 숨기고 싶은 일들을 많이 만들면 안 된다. 신뢰에 손상을 초래할 수 있다. 부부간에는 되도록 비밀이 없어야 한다. 그게 또한 부부가 함께하기 위한 조건이며 편안한 삶의 방편이기도 하다. 비밀이 많아질수록 서로의 관계가 어색해지고 거리감이 생길 수밖에 없다.

■ 함께할 수 있는 취미를 만들어라

금슬 좋은 부부로 남고 싶거든 함께할 수 있는 취미를 가지면 좋다. 자연스럽게 마음이 통하고 활동분야에 같이 어울려지면서 동시에 즐거움을 가질 수 있다. 무엇보다도 함께할 수 있는 시간이 많아진다. 일부러라도 만들어야 한다.

■ 부부간에는 꺼리는 것이 없어야 한다

살다 보면 부부간에도 말하기가 민망하거나 쑥스러운 분위기가 생길 수 있다. 그러나 그런 분위기를 만들지 않아야 한다. 되도록이면 터놓고 허심탄회하게 대화로 소통해야 한다.

이 말하면 어찌 생각할까 너무 망설이다가 서로 모르게 되고 서로 도움을 받지 못할뿐더러 문제도 해결하지 못할 수 있다. 말하고 나면 아무것도 아닌 걸 가지고 고민을 했었구나 하고 웃어넘길 수도 있다.

부부간에는 설령 서투른 실수를 하더라도 위로와 함께 웃음으로 넘길 수 있어야 한다.

■ 배우자의 취미나 학습활동을 방해하지 마라

배우자가 좋아하는 취미생활을 방해하거나 비난하는 경우가 있다. 어리석은 행동이라고 본다. 여기에는 시기나 질투심도 있고 미신과 같은 생각도 있다. 옆에서 도와주지는 못할망정 방해해서는 안 된다고 본다.

■ 스킨십skinship을 많이 하라

처음 만날 때는 적극적인 피부접촉을 하다가도 나이가 들어가면서 그도 서서히 멀어진다. 스킨십은 매우 중요하다고 한다. 신체적이고 정신적인 건강에 아주 좋다고 한다. 사랑의 표현이나 관계유지에 이만한 좋은 방법은 없다고 본다. 장수의 비결이기도 하다.

부부간에는 항상 만져주고 쓰다듬어 주는 관심의 표현

이 중요하다. 때로는 안아주고 가벼운 키스로 기분 좋은 분위기를 만들어 주면 더욱 부부의 관계가 돈독해질 것이다.

■ 꽃과 나비처럼 살아라

여자는 항상 화장을 해서 예쁜 꽃처럼 유지해야 하며 남자는 운동으로 강건한 체력을 보여줄 수 있도록 평생 노력하여야 한다.

나이 먹을수록 대충 씻고, 옷도 허름하게 입고, 몸도 부실하게 관리한다면 부부간의 사랑이나 행복 또한 멀어질 것이다.

부부간에 풋풋한 사랑을 유지하려면 변화의 발상과 풋풋함을 가지도록 서로가 많은 노력을 하여야 한다.

■ 기념일 챙기기

생일이나 결혼기념일 등을 챙겨줌으로써 부부 단합의 기회와 서로 간에 존중감을 가지면서 사랑이 쌓일 기회를 만들 수 있다. 기념일에는 평소 좋아하는 선물을 할 수도 있고, 가족 외식이나 여행, 사랑의 편지 쓰기, 친구나 이웃 초대하기 등의 이벤트 행사를 할 수도 있다.

■ 배우자의 장점만 말하기

부부간에 사기를 돋아주고 좋은 관계를 가지면서 더욱 사랑스러운 마음이 들게 하는 것은 '칭찬'이다.

일반적으로 단점을 말하면 마음이 서운해지고 관계가 멀어질 수 있다. '지적해 주면 좋아질 텐데'라고 생각하고 단점을 말해주면 심리적으로 그 반대 현상이 일어나는 것이다.

단점을 말하면 사기가 꺾일 수 있고, 흥미를 잃을 수도 있으며 자신감을 상실할 수 있다. 따라서 단점은 눈감아 주고 지적하더라도 최대한 기분 좋게 말해주어야 한다.

장점을 들어 칭찬을 자주 할수록 사랑이 샘물처럼 솟아오르리라고 본다. 격려의 말도 잊지 않아야 한다.

제3장 결혼으로 가는 길

1. 결혼관

결혼관이란 배우자를 고르거나 선택할 때 어느 면을 중요시할 것인가를 생각하는 관점이다. 모든 조건을 갖춘 배우자를 만나기란 극히 어렵다고 본다. 대개의 경우 50%만 만족해도 된다고 보는 것이 일반적이다. 나머지는 살아가면서 서로가 배려와 이해, 그리고 사랑으로 채워야 한다고 말한다.

결혼관은 크게 다음의 3가지 면에서 생각해 볼 수 있다.

첫 번째 배우자의 능력 조건 형이다. 상대방이 좋은 직장도 가지고 있고 부모가 권세와 재산이 있어 뒷바라지가 가능한, 모든 게 완벽하고 든든한 경제형이다.

두 번째 오직 사람의 됨됨이만 보는 사람 중심형이다. 그냥 사람이 좋아 결혼하는 형이다. 돈이야 살아가면서

벌 수 있고 재산도 모을 수 있다고 생각한다. 외모나 호감에 반한 경우가 이에 해당한다.

세 번째 자수성가형이다. 많은 재산보다 상대방이 든든한 직장만 있다면 같이 벌어서 살 생각을 하는 형이다. 시작을 월셋집부터 생각하는 형이다.

그 밖에 같은 종교, 같은 종류의 직업, 같은 취미, 어릴 때부터 지켜본 이웃 사람, 정략적 혼인 등을 이유로 결혼에 이르는 경우가 있다.

결혼관을 가지는 데 몇 가지 관점에 대하여 알아보자.

■ 외모

배우자가 얼굴이 잘생기거나 예쁜 것을 싫어하는 사람은 없을 것이다. 거기에다 몸매까지 받쳐주면 금상첨화錦上添花이다.

유독 외모만을 강조하는 사람도 있다.

속담에 "사람은 생긴 대로 논다"란 말이 있다.

외모 조건으로 얼굴의 형, 몸의 크기, 비만의 정도, 풍기는 인상 등을 본다. 외모를 판단하는 데는 각자의 취향에 따라 조금씩 다를 수 있다.

■ 능력

능력은 재산보유나 현재의 직장 등을 근거로 판단한다. 가장으로서 가족을 부양할 경제력을 가지고 있는지를 보는 것이다. 다른 조건이 약하더라도 이 능력을 더 중요시하는 사람도 있다.

기본적인 능력으로 말하는 표현력이나 판단력 그리고 글쓰기나 필체를 통해서도 그 사람의 됨됨이를 살피기도 한다.

■ 학력

학력은 초등학교, 중학교, 고등학교, 대학교, 대학원 등의 학교 졸업 여부를 보는 것이다. 얼굴이 예쁘고 능력이 있다 할지라도 학력이 약하면 안 된다고 생각하는 이도 있다. 많이 배운 만큼 생각하는 면도 넓고 보는 시야가 클 거라는 기대심리도 있지만 발전 가능성을 생각할 수 있고, 때로는 남에게 내세울 수 있는 간판 역할을 할 수도 있다.

■ 건강

외면상으로 튼튼하고 활기차 보여야 가정을 이끌어 갈 수 있다고 생각한다. 건강이 부실하면 외모, 능력, 학력이 만족스럽다 할지라도 선뜻 배우자로 결정하기가 망설여진다. 어떤 이는 건강검진결과를 요구하는 경우도 있다.

■ 성격

성격 파악도 중요하다. 성격이 안 맞으면 서로 다투기 쉽고 많은 갈등이 생기기도 한다. 성격 파악은 일정한 교제기간을 거쳐야 알 수 있다. 성격은 각자의 취향이 다양하기 때문에 '어떤 성격이 좋다'라고 말하기 어렵다. 본인들에게 맞아야 한다고 본다.

■ 가족내력과 친구관계

배우자의 가족관계를 살펴보는 것이다. 배우자의 부모나 형제자매 등의 동태를 보고 판단한다. 가족관계를 통해 유전적 요인뿐만 아니라 다른 여러 가지 상황을 파악할 수 있다.

주변 친구들이나 가까이하는 지인을 통해서도 그 사람의 됨됨이를 판단할 수 있다.

■ 호감도

배우자가 되려면 눈으로나 마음으로 끌리는 면이 있어야 한다. 조건이 좋아도 끌리는 면이 없으면 왠지 어색하고 서먹서먹하다.

그 사람의 독특한 매력이랄까, 이런 게 있어야 관계가 이루어질 수 있다.

대개의 경우 "콩깍지가 눈에 씌었다"라고 말한다. 나도 이런 호감에서 배우자를 결정하였다.

이렇듯 서로 인연이 되려면 뭔가 모르게 끌림이 있어야 한다.

■ 종교

종교적인 것도 미리 알아야 한다. 종교가 달라도 여러 가지 곤란한 일이 생길 수 있다. 종교로 인해 서로 생각하는 면이 다를 수 있고, 가족행사 추진 면에서도 다툼이 발생할 수 있으며, 같은 종교인들 간의 모임 등을 이유로 부부가 다른 인간관계를 형성할 수도 있다.

■ 사상과 가치관

생각 속에 굳어버린 사상이나 가치관이 서로 안 맞아도 갈등의 요인이 된다.

■ 기호

기호는 각자가 좋아하는 것이나 즐기는 방식 등을 말한다. 기호가 너무 다른 경우에도 부부간에 행복을 반감시킬 수 있다.

■ 이상 체질과 성격

이상 체질과 성격은 교제를 하면서 알 수 있다. 정상적인 행위를 벗어난 이상 행위를 말한다. 과도한 집착이나 의심증 등이 이상 질환에서 올 수 있다. 정신적인 면뿐만 아니라 신체적인 면에서도 발견될 수 있다. 이런 것들을 파악하지 못한 체 결혼할 경우 고통에 시달리거나 후회할 수 있다.

■ 나이 차이

일반적으로 배우자를 고를 때의 나이는 동갑에서 2~5살 차이를 이상적으로 보고 있다. 그러나 서로의 이상이나 사랑으로 나이 차이는 극복 할 수 있다고 본다.

2. 만남과 교제

배우자를 선택함에 있어 관련된 말을 들어보면 탈무드에서는 "아내를 고를 때에는 겁쟁이가 되어라"했고, 풀러는 "아내를 눈으로만 선택해선 안 된다. 눈보다는 귀로써 아내를 선택하라"고 했다.

루소는 "남의 취향에 맞는 배우자가 아니라, 자신의 취향에 맞는 배우자를 구하라"했고, 디오도어 루빈은 "남편을 얻으려면 우선 요리를 배워야 하고 아내와 자녀를 부양하려면 우선 자신의 생계부터 세워야 한다."라고 하였다.

교제는 서로가 만나면서 상대방을 알아가는 과정이고 탐색기간이다. 교제기간이 너무 길어도 안 좋지만, 너무 짧아도 안 좋다. 이 기간에 서로를 충분히 알아야 하는 것도 있지만 나를 중심으로 한 여러 여건이나 상황을 다시 살펴보는 기회가 되기도 한다. 배우자로서의 조건이나 결정에 대하여 합당한가를 판단하는 기간이라고 본다.

교제에 있어 처음에는 어색하고 서먹서먹하지만 조금 지나면 부부처럼 아주 가까워지기 쉽다. 서로 사귀면서 순결을 강조하기도 하지만 성적인 부분에서는 성인들의 책임 있는 판단하에 이루어져야 한다. 임신과 더불어 결혼에 이르는 경우도 있다.

결혼을 전제로 하는 만남이기 때문에 신중하게 접근해서 상대를 관찰하고 파악하는 데 중점을 두어야 한다.

여러 상황을 종합하여 아니다 싶으면 과감하게 결별을 결정해야 한다. 동정심에 휘말리거나 안일하게 넘어가면 나중에 평생 후회할 수 있다.

먼저 교제가 이루어지려면 상대를 만나야 한다. 만남의 조건이나 기회를 몇 가지 들어보자.

1) 소개로 만난다.

소개의 형태는 다양하다. 부모나 친구 또는 지인 등에 의하여 소개 받는 경우도 있고 소개팅의 행사에서 만나기도 한다. 중매결혼처럼 선을 보는 단계를 거쳐 교제가 시작된다. 나도 이런 케이스로 결혼하였다.

전문적인 결혼소개소 등을 통해서 만나기도 한다.

대부분의 만남이 소개로 이루어진다고 본다.

2) 우연한 기회에 만나는 경우도 있다.

영화나 소설의 한 장면 같기도 하다. 첫인상에 동하여 인연이 되는 경우이거나 우연찮은 기회로 만남이 이루어지는 경우이다.

"용감한 자가 미인을 만난다."라는 말을 새기며 한때는 내 이상형을 무작정 따라나섰던 기억도 있다. 이런 행동은 오히려 상대방에게 거부감만 가져다줄 뿐이라고 생각한다.

3) 생활공동체 활동에서 만나는 경우이다.

직장이나 동호인 모임, 종교 활동 참가, 학교 등 생활공동체 활동에서 만나는 경우이다. 상대방을 지켜보면서 만나기 때문에 대부분 신분이 검증된 상태라 그런대로 위험 부담은 덜하다. 다수가 결혼으로 이어진다.

4) 인터넷 채팅을 통해 만나기도 한다.

신분적 검증이 안 된 만남이기 때문에 주의를 요한다. 과거에 인터넷 채팅으로 만나서 데이트하다가 성폭행 당하고 조사받는 것을 우연히 보았다.

■ 교제 시 대화법

1) 질문은 간단하면서 핵심적으로 말한다

긴 질문이나 많은 질문의 경우에는 요지를 잃어버릴 수 있다. 또한 듣는 상대가 갑갑하고 지루해 할 수 있다.

2) 상대의 말을 끊지 말고 끝까지 들어준다

잘 들어주는 것만으로도 상대에게 호감을 얻을 수 있다.

3) 상대의 말을 들으면서 나와의 공통점을 찾아본다

공통점에서 서로 우리라는 의식을 가질 수 있다. 공통점을 통해 호감이 생기기도 한다. 공통점이 많을수록 접근하기가 쉬워질 수 있다.

4) 듣기만 하지 말고 맞장구를 쳐 주어야 한다

상대의 말을 듣는 도중 "응", "그래" 등으로 맞장구를 쳐서 상대방에 호응하는 자세를 가져야 한다. 맞장구 없이 무표정으로 듣기만 한다든지 다른 일을 하면서 들으면 상대는 무시하는 행동으로 본다. 호감을 얻으려면 대화에 집중하면서도 잘 듣고 있다는 것을 몸짓이나 표정 그리고 말로 표현을 해야 한다.

5) 듣고 나서는 공감하는 말이나 인정하는 태도를 보여 주어야 한다

6) 마지막으로 대화의 내용을 공유하면서 마음을 나누는 시간을 가진다

■ 서로에 대해 알아가기

결혼관에서 나열한 부분을 참고하여 서로의 마음을 탐색하고 열어 보는 기회를 가지면 된다.

교제 장소는 다양하다. 자동차가 있으면 드라이브를 하면서 대화를 나눌 수 있고, 호프집, 찻집, 영화관, 한적한 공원, 유적지 탐방, 변두리 걷기 운동코스, 등산, 음식점 등 수없이 많다. 때로는 친구들이나 가족과의 어울림에서 평가를 해보기도 한다.

■ 상대방의 심리를 읽는 방법

1) 게임을 하면서 본 심성을 알 수 있다.

2) 술을 마시면서 취중 진담을 들을 수 있다.

3) 영화관람 후 감상의견 나누기를 하면서 서로의 마음을 읽을 수 있다.

4) 여행을 통해 숨은 감정과 행동 등을 읽을 수 있다. 서양속담에 "친구를 알고자 하거든 사흘만 같이 여행을 하라"라는 말이 있다.

5) 극한 상황에서 상대의 본심이 보인다.

6) 고의적으로 약속 시각을 어겨본다. 이해심이나 인내심, 그리고 그 사람의 인격 등을 들여다볼 수 있다.

7) 등산을 같이 해본다. 그 사람의 배려하는 마음을 읽을 수 있고 진솔한 대화시간도 가질 수 있다. 등산을 통해 체력의 한계와 건강 상태도 알 수 있다.

8) 돈을 빌려 줘본다.

9) 고의적으로 다툼을 만들어 본다.

■ 여자가 호감을 가지는 남자의 특징

1) 능력 있는 남자

2) 외모가 수려한 남자

3) 모성애를 자극하는 남자

4) 의지하는 싶은 남자

5) 학벌이나 전문지식이 있어 똑똑한 남자

6) 근육, 몸매, 목소리, 행동 등에 매력이 있는 남자

7) 신뢰감을 주는 남자

8) 남을 즐겁게 만드는 유쾌한 남자

9) 긍정적이고 진지한 남자

10) 열정이 있는 남자

11) 존경심이 들게 하는 남자

12) 스킨십, 느낌, 냄새 등을 통해 마음을 사로잡는 남자

■ 결혼 전에 고백하거나 고백받아야 할 내용

1) 범죄 전과

2) 몸이 아픈 병력(지병)

3) 많은 부채가 있는 경우

4) 가족력 : 이혼 경력, 자녀 출산, 유전병 등

5) 신체적 결함 사항

6) 기타 숨겨서는 안 되는 사항

■ 경계하거나 끊어야 할 교제 상대

1) 취미도 없고 친구도 없으면서 귀찮게 만나자고만 하는 상대이다.

2) 진실성이 부족해서 거짓말을 태연하게 잘하는 사람이다. 거짓말로 위기를 모면하려는 사람도 마찬가지이다. 거짓말은 습관화되기 쉬우며, 이로 인하여 믿음이 결여될 수 있다.

3) 상대방 휴대폰을 확인하는 등 개인 생활을 간섭하고 의심하는 사람이다.

4) 시기나 질투심이 심한 사람이다. 만나는 친구들까지 차단할 수 있다.

5) 바람기가 있어 교제 중에도 다른 사람을 만나는 상대이다.

6) 상대에 대한 집착이 강한 사람이다. 처음에는 관심으로 보이는데 나중에는 불편감을 가져다준다.

7) 상대를 무시하거나 기를 죽이는 사람이다.

8) 감정 기복이 심한 사람이다. 화를 자주 내고 말도 함부로 한다.

9) 과거 연인관계가 정리 안 된 사람이다.

10) 사치와 낭비 그리고 물질적인 것을 너무 추구하는 허영심이 많은 사람이다.

11) 처음부터 육체적인 관계를 쉽게 요구하는 사람이다. 잘못하면 육체적인 농락으로 관계가 끝날 수 있으며, 반면에 육체적인 관계를 빌미로 상대를 구속할 수도 있다.

12) 폭력을 사용하는 사람이다. 폭력은 습관화되기 쉽다. 협박이나 욕설도 폭력에 들어간다.

13) 너무 자기중심적인 사람이다. 모든 걸 자기가 원하는 방식대로 하려고 한다. 결혼 후 만사를 피곤하게 하는 배우자가 될 수 있다.

14) 모든 면에서 비판적이고 부정적인 사람이다. 처음에는 정의심이 강한 사람 같이 보이지만 살다 보면 옆 사람을 피곤하게 하고 발전성이 없는 사람으로 남을 수 있다.

15) 오랜 기간이 지나도 왠지 정감이 생기지 않고 거부감이 느껴지는 사람이다.

16) 자신이 주거나 베푼 것만 기억하고 상대에게서 받은 것에 대하여는 고마움을 모르는 사람이다.

17) 성형수술을 즐겨 하는 사람이다. 경제적인 낭비 요인도 잠재하지만 후에 탈선의 위험도 있을 수 있다.

18) 게으른 사람이다. 처음에는 애교로 볼 수 있지만 결혼해서는 피곤하게 하는 배우자로 다시 만날 수 있다.

19) 시간 약속을 번번이 어기는 사람이다. 신뢰감을 떨어지게 할 수 있으며 자신을 우습게 보는 결과일 수도 있다.

20) 중독성이 있는 사람이다. 중독에는 마약, 도박, 술, 약물, 게임 등 다양하다.

21) 횡재수나 내기를 너무 좋아하는 사람도 경계의 인물이라고 본다.

22) 상대방 앞에서 귓속말을 즐겨 하는 사람이다.

23) 상황에 따라 말을 바꾸고 책임을 회피하는 사람이다.

24) 과거나 현실을 속이는 사람이다. 학력, 경력, 가족관계, 직장 등을 속이는 경우이다. 교제 중 잘 확인해야 할 부분이다.

25) 주변의 평판이 안 좋은 사람이다.

■ 결별을 선언할 때 주의할 사항

위의 예처럼 그 사람과 도저히 교제를 이어갈 수 없어서 결별을 선언할 때, 상대방이 쉽게 받아주면 좋지만 그렇지 않은 경우가 있다. 사람을 만나기는 쉬워도 결별하기 어려운 상대가 있는 것이다. 자칫 큰 사고로 이어질 수도 있다. 이때는 가족이나 친구의 도움을 받아 치밀한 계획 아래 시간을 두고 결별하여야 한다.

결별을 선언할 장소는 사람이 많이 있는 찻집 등이 좋다. 위험에 처하면 옆 사람에게 도움을 요청할 수 있기 때문이다. 조용한 분위기를 찾는다고 으쓱하고 인적 없는 곳을 택하면 좋지 않다.

결별을 선언한 뒤에는 상대가 만나려고 요구해도 응하면 안 된다. 과감하게 끊어내야 한다. 완전한 남남으로 돌아가는 게 좋다. 때로는 마음이 약해지고 아플 수도 있지만 이겨내야 한다. 시간이 지나면 모든 상처가 아물고 다시 새 사람을 만날 수 있다.

경우에 따라서는 전문 상담사를 통해 결별을 추진할 수 도 있다.

결별에 대해 정리해 보면 다음과 같다.

1) 미리 언질을 줘라

갑작스러운 이별 통보나 선언은 상대의 반발을 가져올 수 있고 충격에 의한 심적 고통을 수반할 수 있다.

2) 결별 이유를 밝혀라

결별 이유를 밝히면 상대의 아픔을 반감할 수 있다.

3) 좋은 이별을 만들어라

- 되도록 만나서 선언(인적 없는 조용한 장소는 안 됨)

- 변명의 시간 주기

- 마음 아픔에 대한 위로의 말 해주기

4) 이별 선언 뒤에는 관계를 완전히 끊어라

이별을 선언한 뒤에는 관계를 완전히 끊어야 한다. 상대의 유혹이나 동정심에 빠져서 다시 만나면 안 된다. 냉정한 마음 자세가 필요하다. 다시 만나서 다투다가 자칫 큰 사고로 이어질 수도 있다.

5) 이별 후 일정 시간이 지난 뒤에 다음 상대를 만나라

시간을 두고 충분한 이별의 아픔을 느껴야 다음에 좋은 상대를 편하게 맞이할 수 있다.

3. 결혼

■ 약혼식約婚式

약혼은 혼인하기로 약속하는 의식이다. 약혼식을 생략하고 양가 상견례를 통해 바로 결혼식을 하는 경우도 있다. 상견례는 조용하고 깨끗한 음식점에서 많이 이루어진다. 상견례에 참석하는 대상은 양가 부모를 비롯한 식구들이나 친척을 동반하는 경우도 있다. 참석할 인원이 많아 복잡한 경우나 양가의 상황에 따라 서로 협의하여 참석인원을 제한하여 결정할 수 있다.

상견례의 자리에서는 양가 소개와 함께 인사말이 오가며, 분위기가 익으면 결혼에 대하여 협의하는 시간을 가진다. 주로 결혼 후 주거대책이나 생활방식 그리고 결혼시기, 결혼예물 등에 대하여 서로 의견을 나눈다.

이벤트행사를 주로 하는 업체의 건물에서 정식으로 약

혼식을 거행하기도 한다. 약혼식에서도 반지 등 예물교환이 이루어진다.

예전부터 혼수품을 챙기느라 집안 살림 거덜 난다고들 말하였다. 아파트 구입에 신혼살림까지 구입하려면 많은 비용이 필요하다. 나는 모든 혼수품을 생략하고 셋방에 조립식 옷장으로부터 시작하였다.

이처럼 건전하고 근검한 결혼 혼수문화가 정착되어야 한다고 생각한다.

■ 결혼식

결혼식은 일생에 있어 중요한 행사인 만큼 준비에 빈틈이 없어야 한다. 결혼식 준비에 있어서는 주변의 협조가 필요하다. 대개의 경우 부모에게 많이 의지한다.

우선은 결혼식 날짜를 정하여야 한다. 이 날짜를 정하는데 철학관 등을 찾아 택일하기도 하고, 그렇지 않으면 적당한 요일 중 주말을 많이 잡는다. 하객이 참석하기 용이하기 때문이다. 때로는 평일이나 야간에 하는 경우도 있다.

결혼 일정이 정해지면 예식장 예약이 선결되어야 한다. 정해진 일정에 예식이 가능한 예식장을 찾아야 한다.

예식장이 결정되면 청첩장 인쇄, 웨딩사진 촬영, 혼례물품 준비 등에 돌입해야 한다.

청첩장 발송을 우편으로 하는 경우도 있지만, 요즘은 휴대폰을 통한 파일전송으로 가름한다.

청첩장(초대장, 안내장)에 들어갈 내용은 결혼 당사자(신랑, 신부)와 혼주(부모), 결혼일시, 장소(상호 및 주소 포함), 알린 이 전화번호, 부조금 접수 통장번호, 약도, 대중교통 이용안내, 기타 필요한 내용이다. 파일형식의 청첩장은 대개의 경우 예식장에서 서비스해준다.

웨딩촬영은 예식장에서 운영하는 전용 사진관이나 잘 아는 사진작가에게 부탁할 수 있다. 나는 동생의 웨딩사진을 직접 찍었다. 앨범 편집은 사진현상소에서 했으며 비용은 비슷하였다.

혼례물품은 양가의 합의하에 준비하면 된다. 반지, 예복, 기타 등이 있다.

예식에 필요한 물품은 거의 예식장에서 준비해 준다.

식사비는 기본 주문물량에 추가 물량을 더하여 계산한다. 하객 접수 시 식당 입장용 티켓ticket을 나눠준다.

결혼 당일 머리 손질이나 화장은 예식장에서 지정한 미용실에서 한다.

결혼 당일 일정에 따라 신랑과 부모는 식장 입구에서 30분 정도에 걸쳐 하객을 맞이한다. 부조금 접수도 동시에 이루어진다. 신부는 신부대기실에서 대기한다.

예식은 계획된 순서대로 진행되고 예식이 끝나면 기념촬영이 있다.

이어서 신랑과 신부가 부모나 친지에게 첫인사를 드리는 폐백이 있다.

폐백은 폐백실에서 신부의 어머니가 준비한 음식을 차려놓고 신부는 드레스에서 한복으로 옷을 갈아입은 다음 시부모에게 큰절로 인사를 드린다.

폐백이 끝나면 식당에 머무르는 하객에 대하여 신랑과 신부는 고맙다는 답례 인사를 한다.

결혼식이 완전히 끝나면 신랑과 신부는 친구들과 뒤풀이를 하거나 곧바로 신혼여행을 떠나기도 한다.

■ 결혼식 거행 순서(예식장)

1) 개식 선언

2) 양가 모친의 화촉 점화

3) 주례 소개(주례자를 모실 때)

4) 신랑 입장

- 단상의 주례자에게 인사

- 내빈들께 인사

5) 신부 입장

- 친정아버지와 손잡고 입장(혼자 입장하기도 함)

- 단상에 도착한 신부 아버지에게 인사하고 손을 인계받아 단상에 섬

6) 신부와 신랑 맞절

7) 혼인 서약, 성혼 선언문 낭독

- 예물 반지 교환 시간을 갖기도 함

8) 주례자 주요약력 소개

9) 주례

10) 축가

11) 케이크 절단(생략할 수 있음)

12) 신랑과 신부가 양가 부모님과 내빈께 인사

13) 내빈의 박수를 받으며 신랑과 신부 행진

14) 폐회 선언

예식에 대한 절차는 지역마다 다르고, 결혼 당사자나 혼주의 생각에 따라 예식을 특색 있게 진행할 수도 있다.

결혼 예식 절차에 대해 정해진 원칙은 없다고 본다.

결혼식에 있어 신랑과 신부는 예행연습도 없고 경험도 없기 때문에 아무 생각 없이 순식간에 지나가 버린다. 일생에 있어 대부분 한번 하기 때문이다.

평상시 친구나 남의 결혼식을 보고 배우거나 경험자의 조언을 들을 수밖에 없다.

결혼식 행사는 하객들과 당일 서비스 종사자의 빈틈없는 협조가 있어야 성황리에 마칠 수 있다.

■ 전통 혼례 절차

1) 의혼議婚 : 혼인에 관한 일을 의논하는 것으로 대개의 경우 중매자가 관여한다.

2) 납채納采 : 혼인 때 신랑집에서 신부집으로 예물을 보내는 것으로 청혼서와 사주를 보낸다. 전통 혼인의 여섯 가지 의식 절차 중의 하나이다.

3) 연길涓吉 : 혼인 등의 경사를 위하여 좋은 날을 고르는 일로써 택일단자擇日單子를 보내는 것을 말한다.

4) 납패納幣 : 혼인 때 신랑집에서 신부집으로 납폐서와 혼수품을 보내는 것을 말한다.

5) 초행醮行 : 신랑 일행이 초례를 지내기 위하여 신부의 집으로 가는 것을 말한다.

6) 전안奠雁 : 혼례 날에 신랑이 기러기를 가지고 신부의 집으로 가서 상 위에 올려놓고 절하던 예를 말한다. 신랑이 신부집에 기러기를 바친다고도 한다.

7) 교배交拜 : 전통 혼례식에서 신랑과 신부가 서로 절하는 것을 말한다.

8) 합근合巹 : 전통 혼례에서 신랑과 신부가 술잔을 주고받음을 말한다.

9) 신방新房 : 신랑과 신부가 첫날밤을 치르도록 새로 꾸민 방을 말하는 것으로 합방을 의미한다.

10) 신행新行 : 신부가 신랑집으로 가는 것을 말한다.

11) 현구고례見舅姑禮 : 신부가 예물을 가지고 처음으로 시부모나 시댁 사람들에게 인사함을 말한다. 폐백이라고도 한다.

12) 묘현廟見 : 신부가 처음으로 시댁의 사당에 참배하는 의례를 말한다.

13) 근친覲親 : 신랑과 신부가 신부집에 인사가는 것을 말한다. 시집간 딸이 친정에 가서 어버이를 뵈는 것이다.

제4장 결혼제도와 배우자관

1. 일부일처제

일부일처제란 한 사람의 남자와 한 사람의 여자가 결혼하는 제도이다. 지구상에는 여러 가지 결혼제도가 존재한다. 대표적인 것이 한 남자가 여러 명의 여자를 거느릴 수 있는 일부다처제와 반대로 한 여자가 여러 남자를 거느릴 수 있는 일처다부제 그리고 한 남자와 한 여자의 만남을 말하는 일부일처제이다.

일부일처제는 우리나라의 혼인제도이다. 일부일처제는 근대적 결혼제도로써 생존공동체를 도모하기 위함이라 본다. 그리고 민주주의적 제도라고 본다.

일부일처제의 좋은 점은 모두가 배우자를 만날 확률이 높다는 데 있다. 그리고 배우자를 통제하기가 쉽다. 모든 법이나 도덕 규범이 일부일처제에 맞춰져서 만들어졌기 때문이다. 예를 들어 배우자가 외도하면 도덕적인 책임과 법적인 책임을 물을 수 있으며, 이혼 등의 절차를 밟을 수도 있다. 부부로서 오직 한 남자와 한 여자만을 생각하며 살아가야 할 의무가 명백한 제도이다. 단점은 오랫동안 같이 생활하다 보면 권태기 등을 거쳐 관계가 무디어진 생활을 할 수가 있다는 것이다. 무늬만 부부로 살아가기 쉽다.

사회의 안정을 도모하고 민주적인 가정을 꾸려가기에는 일부일처제가 좋다고 본다.

한 남자와 한 여자가 깊은 사랑으로 만나서 자식을 낳고 가정을 꾸려서 한 평생 같이 하는 것도 길지 않은 인생에 큰 의미가 있다.

2. 악처惡妻

악처란 성품이나 행실이 바르지 못하고 사나운 아내를 말한다. 악처는 같이 사는 남편으로 인해 만들어질 수도 있다. 그렇지 않으면 드물게는 그 아내가 고약한 성품을 타고난 사람도 있으리라고 본다.

가장으로서 가정을 돌보지 않고 자기 나름의 이기적인 생활방식에 빠진다면 서로 간에 갈등이 생겨 사나운 아내로 변하지 않나 싶다.

또한 생각이 서로 다름에서도 올 수 있다. 기호나 생각방식의 차이이다.

한 배우자는 높은 이상을 꿈꾸며 사는 반면에 다른 배우자는 평범한 일상의 삶을 추구하는 데서 오는 격차로 갈등이 조장되는 경우이다. 우리가 흔히들 말하는 이상의 차이나 성격의 차이라고나 할까.

나 어릴 적에 부모님의 삶을 지켜보면서 그런 걸 많이

느꼈다. 아버지는 일찍이 글을 터득하여 밖에서 일거리를 찾는데 반해 어머니는 마냥 시골일에만 전념하면서 농사일을 돕지 않는 아버지에 대한 불만이 많았다. 이에 우리는 부모님의 잦은 부부싸움을 지켜보며 살아야 했다. 어머니의 악처 역할이면서 그 당시 어머니가 겪어야 했던 고달픈 삶이기도 하였다. 자식으로선 어느 편을 들기가 애매했던 시절이기도 했다.

부부 각자의 생각과 시각에 맞추어 자기의 주장과 고집만을 내세운다면 다툼이 끊이질 않는 고통스럽고 불행한 나날이 될 것이다.

원만한 부부생활을 위해서는 서로 삶의 방향이 다르더라도 이해와 배려가 따라야 하며, 서로의 합의점을 찾는 것이 중요하다. 부부가 서로의 역할과 이상을 이해해주고 존중해주면서 격려해 준다면 악처를 논하기 전에 사이좋은 원앙부부이면서 현모양처賢母良妻를 논하게 될 것이다.

속담에 "아내가 나쁜 것은 백년 원수, 된장 신 것은 일년 원수"라 했고 "일생 화근은 성품 고약한 아내"란 말도 있다.

워싱턴 어빙은 "가정에서 아내에게 기를 펴지 못하고

지내는 남편은 밖에서도 굽실거리며 쩔쩔매게 된다."라고 했고, 나폴레옹은 "미인은 눈을 즐겁게 하고, 어진 아내는 마음을 즐겁게 한다."라고 했다.

탈무드에서 "세상에서 가장 행복한 사람은 누구인가? 그는 좋은 아내를 얻은 남자다."라고 했고, T.헤이우드는 "선량한 아내는 선량한 남편을 만든다."라고 했다.

명심보감에서 "어진 부인은 남편을 귀하게 만들고 악한 부인은 남편을 천하게 만든다."라고 했고, "어진 부인은 육친六親을 화목하게 만들고 간악한 부인은 육친의 화목을 깨뜨린다."라고 했다.

카우레이는 "정숙한 아내는 남편으로 하여금 많은 아름다움과 즐거움을 느끼게 한다. 그러한 아내의 용모는 가장 아름다운 화원과 같고 그 정신은 가장 유익한 서적과 같다."라고 했으며, 디즈레일리는 "가장 과묵한 남편은 가장 사나운 아내를 만든다. 남편이 너무 조용하면 아내는 사나워진다."라고 했다.

3. 배우자의 중요성

부부와 관련한 속담은 많이 있다. 그중 하나만 들어보면 "효자가 악처만 못하다."란 말이 있다. 부부는 무촌이란 말처럼 남이면서 피부치보다 가깝다.

아프리카 속담에 "빨리 가고 싶으면 혼자 가라. 하지만 오래 가고 싶거든 함께 가라."란 말이 있다. 인생이 길다면 긴 세월에 부부는 오래 함께해야 할 사이이다. 그러기에 단 한순간의 마음가짐으로는 살아갈 수 없다. 부부는 오래도록 같이해야 할 인생길에 동반자인 것이다.

무슨 일이 있어 협조를 구할 사람은 내 배우자이다. 배우자만큼은 항상 나의 아군이 되어야 한다. 부부는 일심동체가 되어야 하는 이유이다.

내가 아파 드러누우면 끝까지 돌봐줄 도우미도 내 배우자이다. 긴 병에 효자 없다고 자식도 오랜 병수발에는 고개를 돌리게 되어있다.

외로움을 달래주고 대화상대가 되어주며 든든하게 나를 지켜주는 이도 내 배우자이다. 때로는 친구 같고 애인 같은 게 배우자이다.

무엇보다 평생에 걸쳐 성적 욕구를 풀어줄 수 있는 유일한 성상대자이다.

부부는 부족한 부분을 사랑으로 채워주고, 뒤처지면 같이 손잡고 보조를 같이해야하며, 슬픔과 기쁨을 함께 나누는 동심同心이 되어야 하고, 어떠한 역경도 같이 헤쳐나가야 하는 동반자가 되어야 한다.

내 인생에 있어 배우자의 역할은 그 무엇보다 중요하다고 생각한다.

속담에 "곯아도 젓국이 좋고, 늙어도 영감이 좋다."라는 말이 있다.

디즈레일리는 "세상에서 무엇과도 바꿀 수 없는 것은 젊을 때에 결혼하여 같이 살아온 늙은 마누라이다."라고 했고, F.베이컨은 "아내는 젊은 남편에게 있어서는 여주인이며, 중년의 남편에게는 친구, 늙은 남편에게는 간호부이다."라고 했다.

"이 방 저 방 해봐도 내 방이 최고이고, 이 서방 저 서방

해도 내 서방이 최고다"라는 말과 같이 내 배우자가 최고라고 생각해야 한다. 남의 남자나 여자는 아무리 예쁘고 좋아 보이더라도 그림의 떡처럼 그 의미가 없음을 알아야 할 것이다.

제5장 부부의 성

제5장 부부의 성

성은 인간의 가장 기본적인 욕구이다. 따라서 성행위에 대해 주눅 들려서도 안 되고, 터부taboo시해도 안 되며, 눈치를 보며 너무 자제해도 안 좋다.

성은 삶의 한 부분이고 계속 유지되어야 하는 삶의 한 과정이기도 하다.

성에 대해서는 나이, 신분, 성별 등에 따라 차등을 두는 시각을 가져서도 안 될 것이다.

성에 대해 무시, 질시, 멸시하는 태도도 바람직하지 않다. 성문화는 방탕해서도 안 되고, 너무 집착해서도 안 되지만 그렇다고 너무 소극적이고 죄악시해서도 안 된다.

성은 천부의 권리이기도 하다. 부부의 성처럼 정당하고 모든 것에 거리낌이 없는 것이라면 마음껏 누릴 권리가 있다. 행복한 성을 누릴 기회와 조건 그리고 그 상대를 얻은 것이다.

성에 대한 즐거움과 행복은 누가 주는 게 아니라 부부가 쟁취하는 것이다.

어릴 때부터 성문화가 올바르게 확립되지 않으면 성인이 되어 결혼생활을 하면서까지도 그 영향을 미칠 수 있다. 성에 대한 인식과 습관은 하루아침에 바뀌는 것이 아니기 때문이다. 이제는 성교육도 조기교육형태로 학교 교육 현장에서 이루어져야 한다고 본다.

옛날 방식처럼 무조건 금기시하거나 숨기고 억제하는 폐쇄적인 방식에서 올바른 성에 대한 논리와 관념을 세워야 한다.

그 결과 성인이 되어서도 건전한 성문화관을 가져야 올바른 부부의 성관념으로 이어질 수 있기 때문이다. 도덕적인 규범의 잣대만을 고집하여 통제하려는 것도 지금의 세대를 살아가는 데 있어서 한계가 있어 보인다.

1. 성의 중요성

성생활은 모든 인간이 누려야 할 천부적天賦的 권리이다. 성욕과 성행위는 인간의 가장 기본적인 욕구이며 본능적 행위이다.

성행위를 통해 인간의 원초적 쾌락을 즐기기도 하지만 자손을 남기기 위한 성스러운 행위기도 하다.

또한 성행위는 사랑과 책임이 동반된 규범적 행위이기도 하다.

성적 자유에는 제약이 따르고 그 누구도 원하지 않는 성적인 침해를 해서는 안 된다. 침해한 자는 도덕적 규범에 의하여 지탄을 받고 법에 의하여 처벌을 받는다.

자유롭고 올바른 성문화의 정착은 인류를 행복의 동산으로 안내하리라고 본다.

남녀 간의 이성적인 사랑도 성적 욕구에 기인할 수 있다. 순수하고 서로 합의된 사랑의 결합은 달콤한 기쁨을 선사 받을 것이다.

성의 쾌락은 누구나 원하기 때문에 공평한 삶에서 모두가 누려야 할 것이라고 본다.

성은 쾌락만이 아니라 정신적으로나 육체적으로 풍요롭고 건강한 삶을 가져다준다. 또한 삶의 활기를 더해 주고 생의 의미를 느끼게 한다.

성은 끈끈한 관계를 만들고 서로가 영원히 함께하려는 울타리를 만든다.

이처럼 성생활은 우리의 삶에 매우 중요한 역할을 한다.

2. 부부 성의 목적

부부는 성생활을 위해 만났다고 해도 틀린 말이 아닐 것이다. 부부의 성에는 다음과 같은 여러 가지 목적이 있다고 본다.

첫 번째 성생활을 통해 자식을 생산하여 가족을 꾸리기 위해서다.

두 번째 성 욕구를 해결하기 위해서다.

세 번째 성생활을 통해서 끈끈한 정을 쌓고 모든 일에 협력하는 동반자 관계를 만들기 위해서다.

네 번째 성생활을 통해 내 것이라는 소유감을 가지기 위해서다.

다섯 번째 성생활을 통해 생활의 안정감을 찾고 행복감을 찾기 위해서다.

여섯 번째 성생활을 통해 인간의 기본 욕구인 존재감과 쾌락을 느끼기 위해서이다.

일곱 번째 성생활을 통해 사랑과 삶의 의미를 찾기 위해서이다.

여덟 번째 성생활을 통해 육체적인 건강과 정신적인 건강을 유지하기 위해서이다.

아홉 번째 성생활을 통해 부부관계를 유지하기 위해서이다.

열 번째 성생활을 통해 부부임을 모두에게 알리기 위해서이다.

이처럼 부부의 성은 서로가 함께 누려야 할 축복이며 공표된 계약적인 관계이자 자연의 섭리에 따르는 인간의 원초적 본능의 실현이라 할 수 있다.

따라서 부부의 성생활은 둘 사이의 연대감 유지와 소중한 사랑을 지켜낼 수 있는 수단이자 목적이라고 본다.

3. 성행위에 있어 선행 요건

1) 서로의 동의가 선행되어야 한다

부부라 할지라도 일방적인 요구는 갈등을 가져올 수 있다. 일방적인 요구로 인해 다툼으로 이어지면 살아가면서 잠재적 불만 요소가 된다. 서로의 동의가 수반 되어야 보다 즐거운 시간을 가질 수 있다.

2) 마음의 준비가 되어있어야 한다

마음의 상처, 과도한 피로, 질병 치료 중, 시험 준비나 중요행사 추진 등으로 극도의 긴장감이 조성되었을 때, 생리 중인 경우 등에는 성행위를 피하는 게 좋다. 마음의 준비가 안 되었거나 사정상 피해야 할 상황에서는 배우자의 배려와 이해가 필요하다. 바로 밥을 먹은 뒤에도 삼가야 한다고 본다. 배가 부르면 포만감에 성욕이 반감될 수 있으며 제일 먼저 위장 활동에 부담을 줄 수 있다.

3) 적극적 호응 자세가 필요하다

상대가 일방적으로 욕구를 채우려 하거나 상대가 너무 수동적으로 임하면 흥분이 반감될 수 있고 만족스러운 섹스를 기대하기 어렵다. 쌍방이 적극적으로 호응하는 자세가 되었을 때 더 큰 행복감을 느끼리라고 본다.

4) 분위기 조성이 필요하다

섹스 전에는 몸의 청결, 분위기 있는 침실 등 장소 만들기, 심리적 안정감 조성이 있어야 한다. 시각적인 면만이 아니라 후각적이고 청각적인 면에서도 성적 자극을 유발할 수 있도록 분위기를 조성하여야 한다.

5) 이벤트를 준비한다

때로는 사랑의 열정이 솟구칠 수 있는 자극적 이벤트를 준비할 수 있어야 한다. 변화감 있는 색다른 연출이 둘의 쾌감을 더 높일 수 있다.

6) 스킨십이 중요하다

급한 서두름 보다 서서히 그리고 부드러운 스킨십

skinship으로 친밀감의 분위기를 조성한다. 스킨십은 평상 시에도 습관화해야 한다. 스킨십은 중요하기 때문에 반복해서 여러 번 강조되는 부분이기도 하다.

7) 성적 욕구를 유발할 수 있는 말만을 구사한다

성행위 전에는 복잡한 직장 이야기나 고민거리, 가정사 이야기 등은 삼간다. 분위기를 돋을 수 있는 애교나 표정, 몸짓, 칭찬, 애정표현의 말이나 행위를 해야 한다.

8) 성행위 중 필요한 물품을 미리 준비한다

성행위에 필요한 물품(콘돔, 수건, 화장지, 러브 젤 등)이나 성 관련 액세서리accessory 등을 준비한다.

9) 격이 없는 마음 자세를 갖는다

서로 터놓고 즐기려는 진실한 사랑의 마음 자세가 필요하다. 섹스는 머리로 한다는 말이 있다. 생각에 거리낌이 있다면 성적 욕구를 반감하는 결과를 초래할 수도 있다. 이 시간만큼은 서로에게 격이 없어야 한다.

4. 성행위의 단계

1) 준비 단계

섹스 전에는 이를 닦고 몸을 깨끗이 씻어야 하며, 향수를 사용하여 배우자의 기분을 살려야 한다. 침실 상태나 잠옷에 신경을 써야 하고, 기타 필요한 물품이 구비되었는지 확인하여야 한다.

2) 분위기 조성 단계

섹스 감정을 살리기 위해서는 주변 여건이 안정적이어야 한다. 소음 등은 섹스의 감정을 반감시킬 수 있다. 성적 자극을 할 수 있는 말로 섹스 분위기를 높이는 방법이 있다. 조명을 통한 은은한 분위기 조성도 중요하고 여기에 은밀한 몸의 노출도 흥분을 유발할 수 있다. 가벼운 스킨십으로부터 시작하여 둘만의 성적 분위기를 서서히 고조시킨다.

3) 애무 단계

만족스러운 절정에 오르기 위해서는 애무 단계가 매우 중요하다. 대개의 경우 이 단계를 생략하거나 간단히 하고 바로 성기 삽입단계에 들어가는 것이 일반적이다. 애무에 소요되는 충분한 시간은 20분 정도를 이상적으로 보고 있다. 애무는 적어도 10분 이상은 하여야 한다고 본다.

애무에 있어서는 다양한 방법과 기법으로 배우자를 충분히 흥분시켜야 한다.

4) 삽입 단계

성기 삽입 후 심한 움직임보다는 몸에 힘을 빼고 느긋하면서도 자연스럽게 리듬을 타는 게 좋다. 삽입 후에도 애무에 의한 자극과 속삭임 등을 곁들여서 하면 더욱 효과가 클 수 있다.

5) 사정 단계

남성은 여성이 오르가슴에 오른 것을 확인하고 사정하여야 한다. 그래야 만족스러운 섹스로 마무리를 할 수 있다. 남성의 경우 사정을 오랫동안 참는 것은 고환이나 전립선 건강에 안 좋다고 한다. 반면에 사정을 너무 자주 해도 건강에 안 좋다. 성교 회수를 적당하게 안배하는 것이 좋다. 규칙적인 성생활을 통해 건강한 부부가 될 수 있도록 해야 할 것이다.

6) 마무리 단계

성관계가 끝나면 서로 안고 10분 정도 가볍게 애무하면서 흥분감을 만끽하여야 한다.

여성은 오르가슴에 오른 후에 흥분이 서서히 가라앉기 때문이다.

7) 정리 단계

화장지나 수건 등으로 분비물을 가볍게 닦아 내고 곧바로 물에 씻어야 한다. 주변 정리 후 부부간의 일상 시간을 가지면 된다. 성교 후 오줌을 누면 좋다고 한다.

5. 성감대

성감대란 신체 부위 중 성적으로 흥분을 느낄 수 있는 부분을 말한다. 성감대는 개인마다 약간의 차이가 있으나 일반적으로 거의 비슷하다.

애무 과정에서의 성감대는 거의 몸 전체가 해당된다.

얼굴 부위에서는 입술, 귀, 혀, 머리 쓰다듬기(모발), 눈꺼풀, 이마, 뺨 등이 있다.

몸 상체 부위에는 목, 어깨, 손, 겨드랑이, 등, 배(배꼽), 유두(유방) 등이 있다.

몸 하체 부위에는 허벅지, 장단지, 발바닥(발가락), 엉덩이 부분(항문) 등이 있다.

생식기 부위에서 여자는 음핵, 소음순, 대음순, 질어귀(질전정), 질, G스팟 등이 있고, 남자는 성기와 성기 주변, 고환이 있다.

성감대에 있어 생식기 부위를 빼고는 남자와 여자가 느

끼는 부위가 비슷하다.

성감대는 개인차가 있으므로 서로 협력하여 잘 느끼는 부위를 미리 알아두면 성행위시에 효과를 볼 수 있다.

상대방을 서로 애무할 때 성감대에 대해 솔직하게 말해주면 만족스러운 결과를 맛볼 것이다.

부부간에 대화를 통해 서로에게 맞는 성감대를 발굴하는 것도 중요하다. 서로의 성감대를 파악하는 것도 성생활에 있어 필요하다.

6. 애무

애무는 성기를 삽입하여 절정에 도달시간을 단축할 수 있고, 절정에 이르러서는 만족스러운 흥분감을 가질 수 있다.

애무 방법에는 여러 가지가 있다. 성감대 부위를 손이나 입술, 혀, 발바닥, 바디, 성기, 기구나 액세서리 등으로 할 수 있다. 마사지 오일을 사용하여 몸의 긴장감을 풀어주면서 성감을 올리는 방법도 있다.

부위에 대한 자극 기법은 부부끼리 연구하면서 보다 좋은 방법을 찾으면 된다.

우리나라 남성은 삽입해서 사정하는 시간이 5분에서 10분 정도라고 한다. 그러나 여성의 경우 절정에 이르기 위해서는 10분에서 20분 정도의 시간이 소요된다고 한다. 여자는 남자의 2배에 해당하는 흥분시간이 필요하다. 이 시간을 메꾸기 위한 수단으로 남자는 애무 방법밖에 없다. 따라서 아무리 급해도 10분 이상에 걸친 애무를 하고 성기를 삽입하여야 만족스러운 절정감으로 성행위를 마칠 수 있다.

남성이 성기 삽입 후 3분 이내에 사정해 버린다면 조루 증상일 수 있다. 병원 진료를 받아 치료하여야 한다.

성감대 부위의 애무도 한 부위에 다소 시간을 들여 차분하고 인내심 있게 하면 효과가 좋다고 한다. 대개의 경우 성감대를 지나치듯 빨리 애무해 버리기 쉽다.

성감대 공략도 변화를 주어야 한다. 고정 매너로 매번 하는 순서에 따라 애무하면 흥분효과가 무디어질 수 있다. 때로는 성감대 부위를 바꿔가면서 다양한 방법으로 애무를 하면 배우자가 크게 만족하리라고 본다.

성기구나 약물 등을 이용하여 과도한 자극을 주는 것은 좋지 않다. 이런 경우에 갈수록 더 강한 자극이 필요할 수 있으므로 부부의 성생활에는 건전하지 못한 방법이 될 수 있다.

기구나 액세서리는 가끔 기분 전환으로만 사용할 수 있어야 한다. 이런 성기구가 애무에 있어 주가 되어서는 안 된다.

애무에 있어 흥분 분위기는 만지는 것 외에 상대방 신음소리나 사랑의 속삭임 등에 의한 청각적 효과, 배우자의 표정이나 신체를 통한 시각적 효과, 배우자의 고유한 몸 냄새에 의한 후각적 효과, 키스를 통한 미각적 효과로 오감을 활용하면 좋다.

■ 애무의 원칙

1) 배우자와의 상호작용
2) 서로 분위기 조성에 협력하는 마음 자세
3) 쌍방의 교감 통행
4) 쾌감을 느끼려는 적극적인 자세
5) 서로의 배려와 격려 그리고 칭찬
6) 서로를 탐닉하는 기쁨의 추구
7) 한 몸 됨의 아늑한 분위기 느끼기
8) 생동하는 삶의 환희 느끼기
9) 새로운 느낌을 갈구하는 기대감 갖기
10) 서로의 헌신적인 봉사 정신 발휘하기

7. 오르가슴orgasm

오르가슴이란 남자와 여자가 육체적으로 성관계를 맺을 때 쾌감이 절정에 이른 상태를 말한다.

여성의 경우, 오르가슴 상태에 이를 때의 그 반응은 개인마다 차이가 있다. 소리를 지르는 경우도 있고, 몸을 떠는 경우도 있으며, 신음하듯 깊은숨을 내쉬는 등 다양하다. 그 느낌을 표현하는 것을 보면 "하늘을 둥둥 뜨는 기분이다", "온몸에 전율을 느꼈다", "좋아서 눈물이 나왔다.", "뭔가 시원하게 쏟아낸 기분이다" 등 다양하다.

여성이 오르가슴을 느낄 때 남성처럼 정액을 사정한다는 설과 느끼기만 한다는 설이 있다. 경험으로 봐서는 소량의 질 분비물만을 볼 수 있었다. 대개는 성행위 도중에 많은 분비물이 나온다고 할 수 있다.

여성은 흥분상태나 신체의 특이한 조건에 따라 여러 번에 걸쳐 오르가슴을 느낄 수 있다. 여성의 오르가슴은 애무에 의하여 시간을 앞당길 수 있다. 애무가 잘된 상태에서는 5분도 못 되어서 오르가슴에 오르며, 여성의 몸 상태와 체질 그리고 남성의 리드 기술에 따라 여러 번의 절정에 이를 수 있다.

여성의 애무는 적어도 10분 이상 시간을 두고 충분하게 해야 만족스러운 흥분을 시킬 수 있다.

오르가슴을 만족스럽게 느끼기 위해서는 규칙적인 섹스와 쾌감을 즐기려는 마음 자세, 서로 정감이 통하는 사랑, 그리고 애무에 대한 배우자의 배려가 무엇보다 중요하다.

결론적으로 서로의 믿음과 마음이 열려 있어야 절정감에 쉽게 오를 수 있다고 생각한다.

오르가슴은 중추신경을 통한 뇌의 작용에 의해서 온다고 한다. 남성은 서둘지 않고 차분한 마음으로 여성을 리드해야 무난하게 상대를 절정에 오르게 할 수 있다.

성욕을 약화시키는 요인으로는 과도한 스트레스, 과로, 불안한 분위기, 화가 난 경우, 임신 불안, 과다한 음주, 각종 지병과 치료약의 장기 복용 등이 될 수 있다.

8. 성기 청결 관리

남자의 성기는 오줌이 배출되는 곳으로 팬티에 겉옷을 입고 다니기 때문에 땀이 쉽게 참으로써 습하게 되어 곰팡이 등이 침범하기 쉽다. 하루에 한 번 이상은 성기 부위를 잘 씻어 주어야 한다.

여성의 성기도 요도부분과 항문이 가깝게 위치하고 있어서 잘 씻지 않으면 각종 균이 침범할 수 있으며 냄새가 날 수도 있다. 청결하게 하지 않으면 항문에서 나오는 대장균이 요도를 타고 침범하여 방광염을 일으킬 수도 있다.

그렇다고 너무 자주 씻어도 안 좋다고 한다. 왜냐하면 여성의 질에서 나오는 분비물인 산 성분을 제거하기 때문에 오히려 세균에 감염될 수도 있다고 한다. 따라서 질 내 세정도 하면 안 좋다고 한다. 성기 외부를 청결제로 사용하여 항상 깨끗하게 관리하여야 한다.

성기 관리에 있어서 여성은 따뜻하게 하고 남성은 시원하게 해야 좋다고 한다.

9. 처녀막

신혼 첫날밤 신랑은 은근히 신부의 처녀막을 기대할 수 있다. 처녀막은 질 입구를 막고 있는 막이 아니다, 구멍이 뚫려 있으며 탄력성이 있다. 관계 후 피가 났다면 처녀막이 찢어진 것일 확률이 높다. 처녀막 부근에는 혈관이 밀집되어 있지 않기 때문에 처녀막이 파열되었다 해도 출혈이 약간 있거나, 출혈이 없는 경우도 있다. 만약 많은 피가 난다면 생리 중이거나 다른 부분에 상처가 난 경우일 수도 있다.

생리가 아닌 경우에는 질에 상처가 난 경우일 수 있기 때문에 출혈과 함께 참을 수 없는 아픔이 수반된다면, 바로 성행위를 중단할 필요가 있다.

처녀막은 여성의 순결 상징이기도 하지만 지금의 세대에서는 여러 가지 이유로 지켜지기가 힘들다고 본다. 처녀막을 기대하기보다는 마음의 순결이 더 중요하다고 본다.

10. 피임

부부는 자녀를 언제 둘 것인가에 따라 피임을 생각한다. 자녀 출산 후에도 다음 자녀를 원치 않는 경우 피임을 할 수밖에 없다.

우선 사용하는 일반적 방법으로 남성은 콘돔이 있고, 여성은 피임약이 있다. 이 밖에 다른 피임법을 보면 다음과 같다. 그러나 확실하고 안전한 피임을 위해서는 의사와 상담하는 게 좋다.

임신에 대한 불안감은 성의 쾌감을 느끼는데 방해요소가 되기도 한다. 적절한 피임법을 사전에 강구하는 것도 부부 성생활을 위해 필요할 것 같다.

1) 자연 피임법

월경을 주기로 해서 가임기간을 피하거나 질외사정으로 임신을 피하는 방법이 있다. 자연피임법은 피임안전율이 높지 않다고 한다.

2) 차단 피임법

콘돔, 질 내 삽입기구, 정자를 죽이는 외용 피임약(살정제) 등이 있다.

3) 자궁 내 장치

자궁 내 장치에는 구리 루프와 호르몬 분비 자궁 내 장치(호르몬 루프)가 있다.

4) 호르몬 피임법

5) 영구 시술법

남성의 정관시술, 여성의 난관시술 등이 있다.

6) 사후피임법

성관계 후 72시간 이내에 약국에서 구입하여 복용하는 피임약이다. 12시간 이내에 복용이 이상적이라고 한다.

사후 피임약은 긴급성이 요구될 때에만 복용하는 약이므로 상시복용하면 안 된다. 천식 환자나 간 장애 환자에게는 신중을 요한다.

11. 잘못된 성 상식

■ 오래 하면 좋다

여자는 절정에 이르는 시간이 대개 10~20분 정도 필요하다. 따라서 여자가 절정에 오른 후 남자가 계속하게 되면 여자는 오히려 귀찮게 생각하고 때로는 통증을 호소할 수도 있다. 여성의 의사를 확인하여야 할 부분이다. 30분 이상 오래 하는 것은 오히려 역효과를 가져올 수 있다고 한다.

무턱대고 오래 하는 것보다는 상대가 만족하는 수준에서 끝내야 하리라고 본다.

■ 남자는 성기 사이즈가 클수록 좋다

우리나라 남자의 경우 발기되었을 때 대개 10~13cm 정도 된다고 한다.

여자의 성기 중 음핵 다음으로 쾌감을 강하게 받는 곳이 성기 질 입구로부터 5~6cm 부분에 집중되어 있다고 한다.

따라서 남자의 성기가 발기해서 5~6cm 정도만 되면 여성의 성기를 자극할 수 있어서 절정에 이르는 데 아무런 지장이 없다고 한다.

남성의 성기가 필요 이상으로 크면 오히려 여성들은 부담스러워 한다고 한다. 따라서 남자의 성기가 무조건 크다고 좋은 것은 아니다.

옛날 야담을 보면 변강쇠가 나오고, 그의 성기 크기가 방망이니 절굿대니 하는 것은 성을 너무 과장하여 표현한 것이다. 잘못된 성인식을 만드는 것이라고 본다.

성기의 크기보다는 서로의 진실한 마음과 사랑이 더 중요하다.

남성의 경우, 성기 크기를 의식하여 성기확대수술이나 성기확대 운동기구를 구입하여 사용하는 경우가 많다고 한다. 권장하고 싶지 않은 부분이다. 주어진 조건에 발기만 잘되면 훌륭한 명기라는 것을 기억하면 좋겠다.

■ 자위를 하면 불감증이 온다

자위란 성적 상대자의 성행위 없이 스스로 자신의 성기를 자극하여 성적 흥분을 일으켜 절정감을 느끼는 방법이다. 자위는 주로 손으로 이루어지기 때문에 수음手淫이라고 부르기도 한다.

내가 학교 다닐 때는 자위에 대해 좋게 생각하지 않았다. 따라서 자위는 몰래 숨어서 해야 하고 괜한 죄책감도 가졌다.

그러나 지금은 오히려 권장하는 추세다. 자위행위는 성욕구 해소수단이며 성기능 유지에도 좋다고 하여 성 상대가 없는 경우에 권장하기도 한다. 여성의 경우 오히려 불감증 치료에 도움이 될 수 있다고 한다.

남성의 경우 자위를 자주 하거나 급하게 서둘러 하는 버릇으로 성감이 예민해지면서 자칫 조루의 원인으로 발전할 수도 있다. 또한 과도한 자위행위는 몸에 해로울 수 있다.

■ 여성의 분비물은 흥분의 결과이다

여성은 평상시에도 질에서 분비물이 나온다. 여성의 분비물은 성적 흥분을 느낄 때도 나온다. 여성의 성적 흥분에 의한 분비물은 애무의 시작 단계에서부터 나온다고 보면 된다. 따라서 여성의 분비물은 흥분의 결과만이 아니라 여성의 질을 보호하기 위하여 평상시에도 분비된다. 성행위시에는 더 많은 분비물이 분비된다.

■ 여성도 남성이 사정하는 것처럼 분비물이 많이 나온다

이는 속설로써 근거가 없다고 한다. 여성은 절정시 질내 경련과 함께 전신 쾌감을 느끼면서 소량의 분비물만을 발산(사정)한다고 한다. 따라서 남성과 달리 여러 번의 절정에 도달할 수도 있다.

■ 삽입에 의해서만 오르가슴을 느낀다

남자나 여자는 성 상대 없이 자위를 통해서 오르가슴에 오를 수 있다. 꼭 삽입 성행위를 통해서만 오르가슴에 오르는 게 아니다.

■ 사정을 참으면 정력이 증강된다

솔직히 나도 이렇게 생각하면서 이제까지 사정을 참아 왔었다. 어찌 보면 위험하고 몰상식한 행위일는지도 모른다. 사정을 너무 오랫동안 참으면 오히려 전립선 건강에 안 좋다고 한다. 그렇다고 성관계마다 매번 한다면 신체에 무리를 가져올 수도 있다. 무턱대고 사정을 참지 말고 일정 기간 정기적으로 정액을 발산하면 전립선 건강에도 좋고 몸의 호르몬 생성에도 좋다고 한다.

■ 남성 성기 운동을 통해 크게 하고 강하게 할 수 있다

남성의 경우 성기를 크게 하고 강하게 만든다고 갖가지 기구를 사용하여 자신의 성기를 학대하는 경우가 있다.

남성의 성기는 근육이 아니라 풍선과 같은 해면체이기 때문에 무리하게 취급하면 손상을 입을 수 있다고 한다. 성기 운동기구 등을 통하여 성기를 크고 강하게 한다는 것은 효과 면에서 긍정하기 어렵고, 오히려 성기에 무리를 주어 위험할 수 있다고 본다.

시중에서 남성을 유혹하는 각종 성기 운동기구의 구입

에 있어서는 주의를 요한다. 만화에서나 야담에서 등장하는 성기 운동을 따라 하면 위험할 수 있다는 것이다. 남성 성기는 발기만 잘되면 성생활에 아무런 지장이 없고, 발기력만 좋으면 무리하게 단련하지 않아도 명기가 되리라고 본다.

■ 포경包莖은 정상이 아니다

포경이란 남성 성기의 끝부분이 살가죽으로 덮여 있는 상태를 말한다. 남성은 태어나면서부터 성기가 포경인 상태이다. 대개의 경우 성인이 되어가면서 표피가 벗겨진다. 이렇게 표피가 잘 벗겨진 상태가 오히려 정상이라고 할 수 있다. 남성의 성기가 포경인 상태에서는 성기의 귀두 부분에 이물질이 쌓여 냄새가 나고 세균 등이 번식할 환경이 조성되므로 포경수술을 많이 권장한다.

남성 성기의 표피가 전혀 벗겨지지 않는 경우에는 포경수술이 필요하다고 본다.

■ 젊은 성을 취하면 회춘한다

젊은 성을 취하면 회춘한다는 이야기가 영화나 소설 그리고 잡다한 야담에 많이 등장한다. 기를 받는다는 등의 속설을 묘사하고 있다.

이런 엉터리 이론을 정당화하면 미성년자 성취행으로 각종 성문제를 유발할 수 있어 위험을 초래할 수 있다.

사회적으로 용인할 수 없는 성에 관한 이야기를 함부로 하게 되면 사회문제화될 수 있다는 것을 명심해야 한다.

다른 이성을 취하면 호기심에 색다름을 느낄 수 있다. 그러나 그 순간뿐일 수 있다. 시간이 지나면 또 다른 이성을 취하고 싶어진다. 이것도 어찌 보면 성중독과 같다. 이로 인해 방탕한 성생활로 이어질 수 있고 보이지 않게 사회질서를 문란하게 만들 수 있다.

부부의 성생활에 있어서 권태기나 갱년기 이후 성욕이 떨어진다고 다른 이성의 접촉을 생각할 수 있다. 때로는 배우자와 이혼하고 다른 이성과 결혼하기도 하는데 참 어리석은 일이라고 본다. 성욕이나 발기 문제는 성 기능의 문제일 경우가 많다. 배우자를 바꾼다고 해결될 일이 아닐 수 있다고 본다.

■ 성감의 느낌은 매번 똑같다

부부의 성생활 감정은 다음 상황에 따라 그 느낌이 달라질 수 있다.

1) 성적 욕구가 충만했을 때 더 만족스럽다. 배고플 때의 빵이 훨씬 맛있다. 마찬가지로 성적 욕구가 충만했을 때 성감을 더 짜릿하게 느낄 수 있다.

2) 애무를 통한 최고의 흥분상태에서 만족스러운 극치감을 느낄 수 있다. 애무는 시간을 두고 많이 해야 하는 이유이기도 하다.

3) 분위기에서 평소와 다른 성적 감정을 느낄 수 있다. 평상시와 다른 배우자의 호감, 예뻐 보임, 색다른 감정이나 느낌이 흥분감을 고조시킬 수 있다.

12. 러브 젤의 사용

여성의 경우 갱년기에 접어들면 질에 애액이 줄어들어서 성행위를 하는데 불편을 느낄 수 있다.

때로는 젊은 층도 질에 이상이 있거나 흥분이 안 되는 경우에는 애액이 나오지 않아 질 건조증으로 성행위시 통증을 호소하기도 한다.

러브 젤은 성행위시 질에서 애액의 분비가 잘 안 될 경우 사용하는 윤활제이다.

러브 젤은 식약청에 등록된 수용성 윤활제를 약국 등에서 구입하여 사용하면 된다.

50대 이후 부부의 성생활에서 필수적으로 챙겨 놓아야 할 물품이기도 하다.

질 건조증은 근본적인 치료를 위해 병원 진료가 필요하다.

13. 발기부전

발기부전이란 남성의 성 기능 장애로써 성적인 자극에도 음경이 발기되지 않거나 발기를 유지하지 못하는 상태로 3개월 이상 지속되는 경우를 말한다.

사람에 따라 40대 중반부터 찾아오는 발기부전은 하나의 고민거리가 되기도 한다. 요즈음은 20~30대의 젊은층에서도 발기부전이 발생하기도 한다.

원인은 심리적 요인, 신체적 요인, 기타 요인이 있다. 심리적 요인에는 스트레스, 불안, 우울증, 성 상대자와의 권태, 적절치 못한 분위기, 잘하려는 성의 압박감, 배우자의 성적 비난이나 불평과 욕설 등 여러 요인이 있다.

신체적 요인에는 몸의 기저질환, 호르몬 부족, 수면장애, 척추 손상, 만성피로, 노화, 전립선 질환 등의 요인이 있다.

기타 기저질환 치료약이나 감기약, 위장약, 탈모약 등

을 장기 복용하는 것을 원인으로 발생할 수도 있다.

발기부전은 병원의 진료를 받아 치료하여야 한다.

발기부전을 예방하고 호전시키기 위해서는 꾸준한 유산소 운동, 충분한 휴식과 수면, 규칙적인 성생활, 발기부전에 좋은 음식을 섭취하고, 발전부전의 원인을 만들 수 있는 잡다한 일상의 행위를 통제하여야 한다. 한곳에 오래 앉아있는 행위나 강한 스트레스를 받지 않아야 한다.

발기부전에 좋은 음식으로는 양파, 마늘, 굴, 딸기, 수박, 부추, 복분자, 석류, 오디, 토마토, 장어, 쇠고기, 연어, 참치, 콩, 생강, 바나나 등 그 밖에도 많이 있지만 남이 좋다고 많이 섭취하거나 무조건 따르는 것보다는 자신이 직접 체험해보고 효과가 좋으면 기호식품으로 삼을 수 있다.

소크라테스는 "병의 치료는 의사가 하고, 병을 고치는 것은 음식이다"라고 말하였다고 한다.

자연이 주는 음식에는 우리 몸에 좋은 성분이 많이 들어있다. 정제된 영양제나 건강식품만을 고집할 것이 아니라 몸에 좋다는 음식을 골고루 섭취하는 것도 내 몸을 살리는 방법이라고 생각한다.

장기 복용하는 약도 의사와 상담해 보아야 하며, 술과 담배도 발기부전에는 해롭다고 한다.

발기에는 수면의 질도 관계가 있으므로 편안한 상태에서 충분한 수면이 이루어지도록 분위기를 만들어야 하며, 장시간 TV 시청이나 휴대폰 사용을 자제하여야 한다.

운동에 있어 자전거 타기는 남자나 여자에게도 안 좋다고 한다. 고환을 움직이는 달리기나 줄넘기, 걷기 운동이 좋다.

포르노 영상도 중독성이 있기 때문에 지나치게 많이 보면 오히려 발기에 방해가 될 수 있다고 한다.

발기부전을 예방하는 또 하나의 방법으로 배우자와의 관계개선이 중요하다. 권태에서 벗어나 새로운 자극을 만들기에 서로 노력하여야 한다고 본다. 조명의 밝기나 침구류의 색상 등 침실 분위기에서부터 잠옷 차림, 화장, 향수, 표정 관리, 대화 매너 등 여러 분야에서 성적 분위기 고양에 노력하여야 한다.

센스 있는 부부는 항상 자신을 가꾸고 좋은 분위기를 만들기에 고심한다. 부부는 서로가 감미로운 성적 분위기를 만들기에 꾸준한 노력을 하여야 할 것이다.

성적 대화에서도 배우자를 공격하고 사기를 꺾는 말은 삼가고 설령 부족하고 만족스럽지 못하더라도 따듯한 격려와 위로의 말을 하여야 한다. 공격적이고 무시하는 잘못된 성적 대화를 통해서도 발기부전의 원인으로 발전된다고 한다. 되도록 칭찬의 말로 발기하는 힘이 더욱 솟아나게 해야 할 것이다.

■ 성 증진을 위한 내용 정리

1) 규칙적인 성기 자극

2) 유산소 운동

3) 성기능에 좋은 음식 섭취

4) 적절한 근육운동

5) 매사에 긍정적인 자세

6) 스트레스를 이겨내고 해소하는 자세

7) 몸에 지병 치료하기

8) 건전한 성생활 하기

9) 장기 복용하는 약의 성분 알아보기

10) 부부간에 따뜻한 사랑과 배려

11) 충분한 수면

■ 성 증진에 방해되는 내용 정리

1) 꽉 끼인 바지 착용

2) 뜨거운 사우나(열탕은 고환에 무리를 줄 수 있음)

3) 반신욕(열탕은 고환에 무리를 줄 수 있음)

4) 몸에 안 좋은 음식 섭취(인스턴트식품, 플라스틱 plastic 제품 용기 사용 등)

5) 과음, 지나친 흡연

6) 각종 성병

7) 남성 전립선에 이상이 생긴 경우

8) 성과 관련하여 배우자의 폭언이나 무시(비하) 발언

9) 지나친 성적 부담

10) 과도한 스트레스나 과로의 누적

11) 부부가 너무 같이 생활함(성적 자극 유발이 무디어 질 수 있음).

12) 각종 지병

14. 불감증

불감증이란 성기능 장애의 일종으로 대개 여성에게 적용되는 증상이다. 성욕은 있으나 성교에 있어 쾌감의 정도가 약하거나 느끼지 못하는 상태를 말한다. 원인으로는 신체적인 구조나 질환, 정신적인 것 그리고 성 상대자의 능력 등을 들 수 있다.

성적 쾌감은 뇌의 반응을 통해 얻어지기 때문에 대개의 경우 심리적 요인에 의할 수가 많다.

성감이 강한 여성은 생각만으로도 흥분감에 오를 수 있으며, 가벼운 접촉에도 쉽게 성적 반응을 느낄 수 있다고 한다.

불감증 치료에는 자신의 의지가 중요하다고 본다.

1) 신체적인 구조

성기의 발육부전이나 기형을 들 수 있다.

2) 각종 질환

질 내 염증 질환 등으로 성교시 통증을 느끼는 장애나 내분비 질환 장애 등을 들 수 있다.

3) 심리적인 경우

성교에 대한 불안이나 공포, 혐오, 수치 등에서 오는 경우이다. 성에 대한 부정적 생각이 굳어진 것으로 성은 더럽다, 나쁘다, 남자는 늑대다, 남자에 대한 사회적 금기시, 자위행위에 대한 죄책감, 성에 대한 부정적 경험(성폭력 등), 임신과 출산에 대한 공포, 성병 감염에 대한 공포, 남편에 대한 심리적 반항, 성에 대한 자신감 결여 등이 있다.

4) 성 상대자의 능력

배우자의 조루나 기타 성적인 능력이 없는 경우이다.

불감증은 부부가 협력하여 병원 진료를 통해 치료하여야 한다.

15. 성생활 시 삼가야 할 말

부부간 성생활은 단순한 성욕구의 해결만이 아니다. 성생활을 기본으로 부부의 삶이 여러 가지로 얽혀져서 영향을 주기 때문이다.

단순히 성적 쾌락만을 생각하고 배우자를 함부로 대하면 부부는 깊은 늪에 빠지듯 관계 회복이 어려운 지경에 이르기도 한다.

성행위 후 만족스럽지 못하다고 비난의 말이나 무시하는 말을 하고 더 나아가 욕설이나 폭력적인 상황에 이르면 부부로서 위상位相도 없어지고 배우자는 더욱 위축되어 성생활을 어렵게 만드는 원인을 만들기도 한다.

성생활 시 삼가야 할 저속한 말들이 많이 있지만 생략하고 그중 몇 개만 예시로 나열해 보면 다음과 같다.

1) 또 할라고 이제 귀찮아

2) 피곤할 텐데 잠이나 자

3) 지겹지도 않아

4) 나이도 생각해야지

5) 힘도 못 쓰면서

6) 만족도 못 시키면서

7) 보약 먹어

8) 욕설

9) 남과 비교하는 말(누구는 이런다더라)

10) 재미가 없어

11) 바람 피워?

12) 운동 좀 해

13) 이 모양이야

14) 하는 게 그렇지

16. 성관계 효과

부부가 성생활에 만족했을 때는 삶의 쾌락을 누릴 수 있고, 만족감과 함께 사랑의 감정을 확고히 하며, 생활에 활기를 더해주고 가족의 유대감을 한층 강화할 수 있다. 따라서 부부의 성생활은 매우 중요하다.

다음은 성생활이 주는 효과에 대해 알아보자.

1) 성관계는 뇌를 자극해 호르몬 분비를 촉진한 결과로 젊어지는 효과를 가져올 수 있다고 한다.

2) 생식력 증가(성기능 강화)

3) 면역력 강화

4) 주기적인 섹스는 활기가 생기게 한다고 한다.

5) 장수 비법

6) 활발한 피돌기를 통해 심장을 튼튼하게 하는 효과가

있다고 한다.

7) 성관계를 통해 진통 완화 효과를 가져올 수 있다.

8) 피부 건강에 좋다. 섹스 시 몸의 호르몬을 자극해 건강한 피부를 유지하게 해준다고 한다.

9) 혈압 건강에 도움이 된다.

10) 당뇨 등 질병 완화

11) 우울증 치료 등 정신건강에 좋다고 한다.

12) 스트레스 해소(긴장해소)

13) 골다공증 예방효과가 있다. 성관계 시 분비되는 호르몬은 뼈 골밀도를 자극해 뼈를 튼튼하게 만들어 준다고 한다.

14) 숙면(불면증 해소)

15) 만족스러운 성생활로 행복감을 느낄 수 있다.

16) 성관계를 통해 부부의 갈등에 따른 관계개선이나 관계향상을 가져올 수 있다.

17) 정기적인 정액 배출은 전립선 건강에 좋다고 한다.

18) 피로 회복

19) 사랑의 확인

20) 섹스는 운동효과도 있으므로 칼로리 소모로 인하

여 다이어트 효과를 가져올 수 있다고 한다.

21) 정기적인 섹스는 각종 자궁질환의 예방효과가 있다고 한다.

22) 자신의 만족감에서 오는 자존감을 높일 수 있다.

23) 배우자의 마음을 얻을 수 있다.

24) "부부싸움은 칼로 물 베기"라는 속담처럼 부부 성생활을 통해 잡다한 문제들을 쉽게 해결하는 효과가 있다. 만족스러운 성생활을 통해 부부간에 어지간한 일들은 원상회복이 가능하다.

17. 성생활을 만족하지 못할 때

부부간의 성생활은 일생동안 이루어지기 때문에 늘 새롭게 변화를 주지 않으면 권태에 빠져 성욕을 잃어버리거나 다른 자극을 생각할 수도 있다.

처음 만남의 설렘 같은 사랑의 감정을 유지하도록 서로가 노력하여야 한다. 이와 더불어 성생활면에서도 만족스러워야 사랑의 감정을 유지할 수 있고, 부부간의 갈등을 완화시킬 수 있다.

부부가 서로 성생활을 만족하지 못할 때는 심각한 문제점을 만들 수 있다. 몇 가지 문제점을 살펴보면 다음과 같다.

1) 배우자의 외도를 유발하게 할 수 있다.

2) 성적 불만이 쌓인다.

3) 정신적 육체적 스트레스로 건강에 안 좋다.

4) 가족 간의 불화를 가져올 수 있다.

5) 부부간에 대화의 상실을 가져올 수 있다.

6) 부부관계가 해체로 갈 수 있다.

18. 권하고 싶지 않은 성행위 방식

부부는 사랑으로 만나 애틋하면서도 끈끈한 정감을 가지고 살아간다. 따라서 부부의 성생활은 긴장감이 없이 자연스럽고 성스러워야 한다. 서로를 존중하고 배려하는 성생활이 필요하다.

부부의 성은 건강하고 계속해서 이루어져야 하므로 극단적인 자극이나 혐오스러운 행위는 자제 되어야 한다. 그런 이유로 자제하여야 할 몇 가지 들자면 다음과 같다.

1) 질 내 손가락 삽입 애무 행위

일반적으로 가장 많이 하는 행위이기도 하다. 여성 성기 내에 손가락을 사용한 애무는 질에 상처를 만들기 쉽다. 또한 세균 감염으로 인하여 질 내 염증을 유발할 수도 있다. 애무 시 과도한 손가락 사용은 여성의 질 건강을 위해 자제되어야 한다고 한다.

2) 오럴 섹스oral sex

오럴 섹스란 입과 혀를 사용하여 상대의 성기를 자극함으로써 성적 쾌감을 얻는 것을 말한다. 사람의 입에도 나쁜 세균이 많이 살고 있어서 오럴 섹스를 통해 이런 세균에 질 내 감염될 위험이 있다. 음핵 정도는 괜찮지만 질 내를 하는 것은 자제할 필요가 있다.

3) 항문 애무

항문도 위생적인 곳이 못되기 때문에 항문 애무에 주의를 요한다.

4) 키스

키스도 배우자가 질병 치료 중일 때는 전염의 위험이 있으므로 자제되어야 할 것으로 본다.

5) 성 자극 약물 복용

극단적으로 성을 자극하기 위하여 약물을 복용하거나 바르는 행위는 자제되어야 한다. 습관이 될 수 있고, 더 강한 자극이 필요할 수 있다. 부부의 성생활은 이런 것에 의지하면 안 된다. 자극적인 것보다 순수하게 이루어져야 한다.

6) 포르노 관람

성적 자극을 위해 포르노를 보면서 하는 성관계는 건전하지 못하다고 생각한다. 서로의 정감이 더 중요하다고 본다. 포르노에 의지하다 보면 보다 더 강한 자극물을 찾을 수도 있다.

7) 임산부에 대한 무리한 성행위

임신 중일 때에는 태아에 영향을 줄 수 있으므로 성행위에 있어 주의를 요한다.

8) 배우자가 싫어할 경우의 강제 성행위

배우자를 존중하고 배려하는 마음이 중요하다. 강제적인 성행위는 자제되어야 한다.

9) 자제해야 할 장소에서의 성행위

분위기상 섹스가 금지된 장소이거나 조심할 곳, 가려야

할 장소에서는 성행위를 자제해야 한다.

10) 생리 중 성행위

여성의 경우 생리가 시작되면 생리통이 오거나 불쾌감을 느끼기도 한다. 우선은 생리로 인하여 지저분하고 냄새가 많이 나서 성관계를 꺼리는 경우가 많다. 반면에 생리 중에 성감을 더 느끼는 여성도 있다고 한다.

생리 중에는 자궁 문이 열리기 때문에 염증이나 성병 등의 감염균이 자궁에 침입할 위험이 있다고 한다. 따라서 생리 중에는 가급적 자제하는 게 좋다고 본다.

19. 성행위 거부에 대하여

부부가 성생활을 하다 보면 어떤 이유가 있어 거부를 하거나 이유 없이 배우자로부터 거부를 당하는 경우가 있다. 이때 짜증스럽게 말하기보다는 상대를 달래고 이해시키는 게 좋다.

예를 들어 "오늘은 내가 배가 아파서 못 하겠어. 다음에 더 잘해줄게"라고 상대방에게 이해와 양해를 구하면 서로가 기분이 상하지 않을 수 있다. 무턱대고 화를 내면서 거부하면 다른 오해와 의심을 가져와 다툼으로 번질 수도 있다. 성행위 거부 시에는 분명한 이유를 말하고 이해를 얻는 게 좋다. 부부가 성생활을 하다 보면 가끔씩 경험하는 일이다.

이때 배우자의 의견을 존중하여 정중하게 받아들어야 부부간에 화목한 분위기를 유지할 수 있다.

성행위의 습관적인 거부는 배우자의 불만을 가져오거

나 탈선의 원인을 만들기도 하고 부부관계가 멀어지는 결과도 가져올 수 있다.

부부가 평생 행복하려면 그 첫 번째가 거부 없이 원만한 성관계를 지속시키는 것이라고 생각한다.

부부가 거부 없이 오랫동안 성관계를 유지하려면 서로가 협력하여 정신적으로나 육체적으로 노력을 기울여야 한다. 한쪽 배우자의 일방적인 노력은 오히려 다툼만 조장할 뿐이다. 부부가 다 같이 성생활에 대한 공부가 필요한 이유이기도 하다.

성교로 인한 통증 등이 성생활에 부담이 되는 경우에는 부부가 상의하여 병원의 진료를 받아 치료하여야 한다.

배우자 성 거부에 대해 무턱대고 불만을 토로하면 안 된다. 상대방의 의견을 충분히 들어주면서 고충을 해결하려고 노력하는 자세가 필요하다.

거부당한 배우자도 자신의 행동에 뭔가 잘못된 것은 없는지 전반적인 사항을 검토해보고 반성해 보아야 할 것이다.

20. 갱년기

부부가 40대 후반이나 50대 초반에 이르면 갱년기라는 증상이 찾아오게 되어있다. 일종에 노화현상이 급격하게 다가오는 것이다.

여성의 갱년기에 나타나는 증상으로는 불규칙한 생리, 안면 홍조, 빈맥, 발한, 피로감, 불안감, 우울, 기억력 감퇴 등의 증상이 있다. 이어서 질 건조증이 생겨날 수 있어, 성행위에 어려움을 겪을 수도 있다.

남성의 경우에는 발기력이 현저하게 떨어질 수 있다.

갱년기 증상을 방치하면 자칫 급속한 노화로 몸에 갖가지 증상을 경험할 수 있다. 갱년기 증상이 나타나면 병원 진료를 통해 처방을 받아야 한다.

갱년기에 좋다는 여러 가지 건강식품을 무리하게 섭취하면 오히려 해로울 수도 있다. 자신의 몸에 맞지 않는 경우도 있기 때문이다.

갱년기를 방치하면 성생활에 흥미를 잃어 부부가 각방 신세로 전락할 수 있다. 갱년기를 슬기롭게 잘 넘겨야 부부가 성생활을 원만하게 유지할 수 있다.

21. 노년부부의 성

50대 이후 나이에 접어들면 서서히 갱년기를 겪고 성기능이 급격히 떨어지면서 성적 욕구도 감퇴되어 간다. 따라서 갱년기를 맞이하면서 성생활을 소홀히 할 수 있다.

성생활은 노년기에 접어들어도 유지되어야 한다. 성생활은 건강관리와도 밀접한 관계가 있기 때문이다.

성에 대한 한계 연령은 사실 없다고 한다. 이는 건강만 유지된다면 살아있는 동안에 가능하다고 본 것이다.

노년부부의 성생활 해결은 지속적인 사랑표현, 스킨십, 정감어린 대화, 포옹 등으로 성에 대한 불씨가 꺼지지 않도록 서로가 노력하여야 한다. 노년의 성에 있어서 성기의 삽입이 아니더라도 스킨십과 자극을 통해 서로의 사랑을 확인하는 것도 성생활에 들어간다고 본다.

제6장 가족부양家族扶養

제6장 가족부양家族扶養

가족부양이란 조부모, 부모, 자녀, 형제자매 등 같이하는 사람들을 경제적으로나 정서적으로 지원하는 제반 행위를 말한다. 요즘은 핵가족 시대라서 대가족이 함께하는 경우는 드물다. 그러나 부양할 대상자가 있다면 떨어져 지내더라도 지원해야 할 것이다.

신혼부부가 최우선적으로 해야 할 일은 자녀의 출산이라고 본다. 되도록이면 자녀를 먼저 출산하고 다음 일을 추진하는 게 순서라고 본다. 부부가 자녀를 생산하는 것은 가정을 꾸리는 데 있어 으뜸 행위인 것이다. 자녀는 부양에 있어 많은 부담을 주지만 성장하면서 심적으로나 물질적으로 더 많은 보상을 받을 수도 있다.

부모의 생계지원과 병수발, 자녀의 학비와 생활비 지원 등은 동거와 관계없이 언제 어디에서나 이루어져야 한다.

이런 부양문제로 부부의 갈등이 심화되는 경우도 있다.

자녀 출산으로 기쁨도 잠시, 부양비 지출은 남모르는 고통이면서 부부가 다 같이 인내해야 할 부분이다.

자식이 커가면서 학비와 생활지원비는 더욱 늘어난다. 이런 경우 부담을 줄이기 위하여 자녀들이 아르바이트 자리를 찾아 일찍이 산업전선에 뛰어드는 경우도 있다.

소득이 적은 봉급생활자나 영세零細한 자영업자는 생활에 어려움이 크리라고 본다.

자녀 교육에 있어 그나마 중학교까지는 정부 지원이 있어 의무교육이라 다소 부담이 줄어드는 편이다. 자녀가 힘들게 대학까지 마쳤다 하더라도 일자리를 찾아 독립하기까지는 지원이 끝난 것이 아니다.

다행히 자녀가 일자리를 찾아 안주하면서 부모는 한숨을 놓는다.

자녀가 생활이 안정되어 짝을 찾아 결혼에 이르면 부부는 그제야 다 키웠다는 안도감과 행복감을 갖는다.

옛날에는 시부모와 며느리 간의 갈등문제가 많아서 사회문제로 대두되기도 했으나 요즈음은 조금 수그러드는 것 같다. 그 이유로는 시부모의 독립생활 희망으로 핵가족화가 이루어진 데다가 요양원의 이용이 크게 늘어난 것이 그 원인의 하나라고 본다. 늙어서 몸이 불편하면 요양원으로 가는 것이 보편화 되어가는 추세이기 때문이다.

만약 부모를 한집에서 부양해야 한다면 성심성의껏 모셔야 한다. 건강한 부모와 한집에서 사는 것도 인생에 있어 의미가 있고 행운이라고 본다. 당장은 힘들어도 부모가 저세상으로 떠나고 나면 그래도 잘했다는 생각이 들것이다.

현대를 사는 노년의 부부로서 능력이 허락된다면 자식과 되도록 동거하지 말고 독립할 것을 권하고 싶다. 자식과 동거하면서 오는 갈등이 의외로 많다. 며느리와의 갈등, 손주와의 갈등, 자식과의 갈등 등이 생겨나서 함께하는 자체가 서로에게 상처가 되고 스트레스가 될 수 있다.

손주와 조부모와의 갈등도 무시 못 한다. 어떤 가정에서는 손주가 조부모를 냄새난다는 등의 이유로 대놓고 꺼리는 일도 있다. 늙음은 천대의 대상이 됨을 기억할 일이다.

자녀의 교육이나 상담에 있어서 아들은 남편이, 딸은 아내가 관심을 가지고 지도하는 것이 좋다고 한다. 자녀들이 부모에게 접근하도록 만들기 위해서는 평상시 충분한 대화로 스스럼없는 가까운 사이가 조성되어 있어야 한다.

가족부양의 문제는 부부가 함께 처리해야 할 의무이기도 하면서 봉사 부분이기도 하다. 누구의 책임이라고 떠밀어서도 안 되고, 힘들다고 소홀히 할 부분도 아니다.

가족부양을 잘하면 웃음꽃이 피어오르는 화기애애한 행복을 가져올 수 있다. 반면에 원만하지 못한 분위기나 갈등에 시달리는 가족이라면 서로가 불행한 삶으로 이어질 수 있다. 가족부양은 부부가 행복한 가정을 꾸리기 위한 첫 번째 임무가 아닌가 싶다.

부모에 대한 용돈은 챙겨드려야 한다고 본다. 부모가 설령 능력이 있더라도 설 명절이나 어버이날, 생일날에 적은 용돈이나마 챙겨드리는 게 자식 된 도리라고 생각한다. 내가 부모 되어 경험해보니 그 의미를 알 것 같다. 받을 건 받고 다시 도움을 주는 것이 자식과 부모 간에 주고받음의 정이라고 본다. 이렇게 받은 돈은 다시 손주에게 용돈으로 주게 된다.

가족사진을 지갑에 넣어 다니는 것도 가족의 화목을 만드는 좋은 방법이라고 한다.

제7장 가정폭력

제7장 가정폭력

가정폭력범죄의 처벌 등에 관한 특례법 제2조 의하면 가정폭력이란 가정구성원 사이의 신체적, 정신적 또는 재산상 피해를 수반하는 행위를 말한다.

여기서 가족구성원이란 배우자(사실상 혼인관계에 있는 사람) 또는 배우자였던 사람, 자기 또는 배우자와 직계존비속관계(사실상의 양친자관계를 포함), 계부모와 자녀의 관계 또는 적모嫡母와 서자庶子의 관계에 있거나 있었던 사람, 동거하는 친족을 말한다.

이 장에서는 크게 부모, 자식, 부부의 폭력에 대해서만 다루어 보기로 한다.

옛날에야 부부싸움이나 집안싸움을 크게 보지 않았다. 이웃 사람이 와서 말리거나 소음과 두려움으로 옆집에서 경찰서에 신고하면 경찰이 와서 훈계하는 수준에서 끝났다.

그러나 지금은 가족일지라도 폭력은 범죄로 처벌받게 되어있다.

가정폭력 범죄의 유형에는 상해, 폭행, 유기, 학대, 아동혹사, 체포, 감금, 협박, 명예훼손, 주거수색, 신체수색, 강요, 공갈, 재물손괴 등이 있다.

1. 부모에 대한 폭력

매스컴에 종종 나오는 대목이다. 부모를 때리고 방치하는 경우나 더 크게는 살해하는 경우도 있다. 부모에게 재산을 주지 않는다고 협박하거나 상해를 입히는 등의 사례이다. 존속폭행에 해당하는 죄이다.

또한 연로한 부모를 갖은 욕설과 괴롭힘을 가한 경우에는 노인학대로 처벌받는다. 연로한 부모에게 끼니를 챙겨주지 않아 사망한 경우에는 방임에 의한 유기치사죄가 성립한다.

위의 사례처럼 벌이 무서워서가 아니라 부모에 대한 폭력은 어떠한 경우에도 없어야 한다.

자신의 생활이 어렵다고 모시는 부모를 함부로 하면 하늘의 벌이 아니라 인간의 벌이 먼저 내려질 것이다.

지인의 실제 사례로서 남편을 여의고 시어머니를 모시고 살다가 어느 날 상처로 남을 심한 말다툼을 벌였다고 한다. 그 결과 시어머니가 식음을 전폐하다가 사망에 이르렀다.

또 다른 사례로 어머니가 젊어서부터 애써 마련한 몇억짜리 도심의 아파트가 몇십억으로 올랐다. 이에 자식들이 욕심을 내서 아직은 건강한 어머니를 요양원으로 모시고 그 아파트를 활용하려는 사례이다.

2. 자식에 대한 폭력

옛날에는 자식에 대한 폭력을 당연시하거나 대수롭게 않게 생각하였다. 회초리로 맞기도 하고 몽둥이로 맞기도 했다. 자식이 애써 벌어다 준 돈을 뺏다시피 하여 생활비에 보태쓰기가 일수였고 갖은 욕설에 손찌검은 예사롭게 생각하였다.

그러나 지금은 바뀌었다. 어린아이를 때리거나 괴롭히면 비록 내 자식이라도 아동학대죄에 해당하며 자식이 벌어온 돈을 맘대로 갈취해도 안 된다.

물론 이런 부모는 없으리라고 본다. 그러나 어떤 일로 자식을 무자비하게 폭행해서 법적 시비가 붙는다면 폭행죄에 해당한다. 어떠한 경우에도 폭력적인 행위는 일절 하지 않아야 한다.

시대가 바뀌었다는 것도 인지해야 하지만 교육적인 면에서도 폭력적인 방법은 정당하지 못하다는 것을 알아야 할 것이다.

3. 배우자에 대한 폭력

속담에 부부싸움은 칼로 물 베기라고 했다. 나의 어릴 적만 해도 부부끼리 때리고 할퀴는 싸움을 대수롭지 않게 생각하였다. 당시 나도 아버지와 어머니가 무섭게 싸우는 것을 보고 자랐다. 발단은 사소한 말다툼에서 싸움이 시작되었다. 아버지가 술을 드시고 오시면 어머니는 일은 안 하고 술을 마셨다고 바가지를 긁으면서 심기를 건드렸다. 그러면 참다못한 아버지가 신체 폭력으로 마무리를 지으셨다. 아버지는 평상시 얌전하신 분이라 폭력이 그다지 심각하지는 않았다.

그러나 지금은 부부끼리의 싸움이라도 상처가 난다거나 언어폭력으로 마음의 상처를 입으면 법적 조치를 요구할 수 있다. 이제는 법이 부부관계에 깊숙이 관여할 수 있게 된 것이다.

간간이 매스컴을 통해 알려지는 배우자의 폭력은 심각

하다. 병원에 입원할 정도로 상해를 입히는가 하면 고질적으로 갖은 고통을 가하는 경우가 있다.

신체적인 폭력은 습관처럼 굳어지면 잘 고쳐지지 않는다. 장기간에 걸쳐 연속적으로 일어난다면 가정폭력에 대한 상담이 필요하다고 본다.

다음은 언어폭력이다. 이는 저속한 욕설이나 비꼬는 말로써 배우자를 공격하는 폭력을 말한다. 욕설은 이를 지켜보는 자녀에게도 큰 영향을 미칠 수 있다.

경제적인 폭력이란 매달 들어가는 생활비를 제대로 주지 않거나 적게 주어서 생활을 궁핍하게 만드는 경우이다. 부양가족이 있는 경우에는 응당 생활비를 충당해 주어야 할 것이다. 또는 배우자의 의사와 관계없이 배우자 봉급을 수입 잡거나 갈취하여 마음대로 사용하는 경우에도 폭력의 형태라고 본다.

다음은 배우자에 대한 협박이 있다. 무엇을 하면은 가만두지 않겠다, 시키는 대로 하지 않으면 벌을 주겠다, 때리겠다, 집을 나가겠다 등 협박의 형태는 수없이 많다고 본다. 때로는 칼 같은 흉기를 써서 협박하는 심각한 경우도 있다.

이런 심각한 협박이 장기적이고 연속적으로 이루어진다면 가족 상담이 필요하다. 협박은 감정을 억압받기 때문에 정신건강에도 좋지 않다.

다음은 성적 폭력이다. 부부라 할지라도 성행위 할 상황이 아니거나 건강이 안 좋은 등의 이유로 할 수 없을 때도 있다. 이때도 참지 못하고 덤벼든다면 화도 나고, 때로는 신체적으로 피해를 입을 수 있다.

이처럼 배우자의 의견을 무시한 강압적인 성행위는 준강간행위나 다름없다고 본다. 부부이기 전에 한 개인으로서 존중받아야 할 자기표현의 권리라고 생각한다.

각종 혐오스러운 성행위 자세를 요구하거나 애무를 요구할 때도 배우자가 싫다고 하면 배려해 주어야 한다. 싸우다시피 이런 행위를 강요한다면 이 또한 폭력의 형태라고 볼 수 있다.

부부의 성에서는 어느 한쪽 배우자의 성적 욕구 충족이 아니라 부부가 교감하는 성스럽고 사랑스러운 상태에서 상호 소통과 협심 아래 이루어져야 최상의 쾌락을 맛볼 수 있기 때문이다.

어느 가족상담사례에 의하면 남들이 보기에는 부부로서 손색이 없는 관계였다고 한다. 항상 같이하고 오만 신경을 써서 너무 잘해주는 남편으로 인해 사랑받는 아내가 다른 사람이 보기에는 너무 부러울 정도였다고 한다.

그런데 어느 날 그의 아내가 괴롭다며 상담하러 왔다고 한다. 상담과정에서 지나친 부부사랑이 속박에서 비롯되고 억지로 참아야 하는 고통의 나날이었다는 것이 밝혀졌다.

사랑이란 이름으로 친구 만나는 것도 통제받아야 했고, 자기가 하고 싶은 취미생활과 사회생활 등 모든 것을 통제받아야만 했다. 그저 남편이 원하고 좋다는 대로만 살아왔다는 것이다. 심지어 성생활도 아내의 의사와 관계없이 일방적으로 이루어졌다는 것이다.

이제 노년이 되어서야 실토한 것이다. 이도 어찌 보면 자유의 속박에서 오는 폭력의 한 형태가 아닌가 한다.

부부라 해도 배우자 각 개인의 존엄과 가치는 인정받아야 하고 자유로운 삶에서 진정한 부부의 삶을 추구해야 하지 않을까 생각한다.

자꾸 강조되는 부분이지만 부부는 배려와 이해 그리고 사랑이 결부되어야 한다. 부부라고 해도 인간다움이 보장되지 않은 삶은 빛 좋은 개살구에 지나지 않는다.

겉만 화려한 부부보다는 내면에 자기 삶을 구애받지 않고 신선한 자유의 공기를 맘껏 마시고 세상의 모든 즐거움을 만끽하면서 살아가는 후회 없는 인간 본연의 모습에서 부부의 행복을 찾아야 하지 않나 생각해 본다.

제8장 배우자의 탈선

제8장 배우자의 탈선

배우자의 탈선은 여러 가지 이유에서 온다. 그 이유를 열거해 보면 다음과 같다.

■ 성적 불만

에로틱erotic한 영화나 소설 등에서 많이 등장하는 스토리이다. 부부간의 성에 대한 불만이 많은 배우자는 탈선할 위험이 많다고 본다.

■ 다른 이성에 대한 호기심

부부 권태나 다른 이성과의 접촉 기회에서 호기심을 가져오거나 호감을 느낌으로써 자연스럽게 탈선에 이르는 경우가 있다.

■ **배우자의 시간 여유**

생업과 관련하여 배우자가 장기간 가정을 떠나있거나 고정적으로 집을 비우는 경우, 시간의 여유가 많아 심적으로 외롭고 허전하다 보면 어떤 유혹에도 쉽게 빠질 수 있다.

■ **질 나쁜 친구의 어울림**

탈선을 경험해본 친구가 있을 경우 쉽게 똑같은 탈선의 길로 가기 쉽다. 친구와의 어울림에서 자연스럽게 탈선의 분위기가 조성될 수 있다.

■ **다른 이성에 대한 집착**

과거 다른 이성을 경험해본 경우 또 다른 이성에 대한 성적 호기심으로 탈선을 생각하는 경우가 있다. 회수가 늘어감에 따라 또 다른 성에 대한 집착으로 빠질 수 있다.

■ **유흥업소 출입**

접대부가 있는 술집이나 무도장 출입 등의 문화를 통해 자연스럽게 탈선에 이르는 경우가 많다. 성 접대에 따른 것도 여기에서 많이 이루어진다. 직장 회식문화에서 단체로 이루어지는 경우도 있다.

■ 포르노물에 의한 모방심리

포르노물 시청이나 야한 성적 소설 묘사 대목을 생각하며 모방심리에 다른 이성을 상상할 수 있다. 기회만 된다면 탈선의 위험이 있고 심하면 성도착 행위로 빠질 수도 있다. 이를 바탕으로 모방범죄를 실행해서 형벌을 받는 경우도 있다.

■ 배우자의 탈선에 대한 복수심

배우자가 탈선한 경우, 복수심리에서 자신의 탈선 대상자를 찾을 수도 있다. 맞바람의 경우이다.

■ 각종 모임의 부팅문화

친구모임, 계모임 간의 부팅문화로 탈선에 이르는 경우가 있다. 원거리 여행을 통한 부팅 현장에서 많이 이루어진다.

■ 성 중독에 의한 경우

성매매업소 출입 등에 빠진 경우이다.

■ 스와핑

스와핑이란 상대를 바꿔가며 성관계를 맺는 행위를 말한다. 성상대자와의 관계는 부부일 경우도 있고 애인 관계 등 다양하다. 파트너의 인원도 일정하지 않아 소수이거나 다수가 될 수도 있다. 사회 윤리상 인정되지 않는 행위이다.

스와핑으로 오는 영향은 다음과 같다고 본다.

1) 부부 정조관념이 없어진다.
2) 부부만의 성적 배타성이 없어진다.

3) 부부 신뢰감이 무너진다.

4) 부부 일치감이 없어진다.

5) 부부 결속력도 없어진다.

6) 성병의 위험성에 노출된다.

7) 시기감에서 오는 후유증을 유발할 수 있다.

8) 혐오감과 비위생적인 면이 있다.

9) 결국 모든 게 이혼으로 진행하기 쉽다.

10) 정서적 유대감을 상실할 수 있다.

■ 탈선을 유발할 수 있는 각종 모임

탈선으로 이어질 수 있는 모임으로 인한 경우이다. 사람들의 입에 많이 오르내리는 묻지 마 관광, 질 나쁜 산악회 등의 모임들이다.

이 밖에도 탈선의 유형은 많이 있다.

드러나지 않은 탈선은 아무렇지 않게 넘어갈 수 있다. 그러나 배우자의 탈선으로 인하여 발생하는 부부간의 부작용은 심각하다.

부부간의 부작용을 나열해 보면 다음과 같다.

1) 부부간 불화의 원인이 된다.

2) 배우자의 신뢰감이 상실된다.

3) 개인 파탄과 가정 파탄의 길로 갈 수 있다.

4) 가계생활비가 낭비될 수 있다.

5) 성병 감염의 위험이 따른다.

6) 가정에 대한 충실감이 상실될 수 있다.

7) 부부의 불화는 개인사업이나 다니는 직장에까지 지장을 초래할 수 있다. 모든 일에 방해 요소로 작용할 수 있다.

8) 배우자의 배신감에 심적 고통이 생긴다.

9) 배우자의 탈선으로 무력감과 자괴감이 생긴다.

10) 배우자의 탈선은 부부문제에서 사회문제로 비화飛火될 수 있다.

11) 명예에 손상을 입을 수 있다.

12) 헛된 시간을 많이 낭비할 수 있다.

13) 자녀 교육에도 나쁜 영향을 초래할 수 있다.

14) 주변인들에게 비판적인 평가를 받을 수 있다.

배우자의 탈선은 이처럼 우연찮게 이루어지는 경우가 많다. 이런 유혹에서 벗어나려면 부부의 만족스러운 성생활과 끊임없는 관심이 있어야 하며, 진심 어린 사랑 그리고 자신의 절제된 생활이 필요하다.

쾌락 중심의 퇴폐문화보다 건전한 놀이문화를 찾아야 하고, 무절제한 이성의 만남보다 건전한 사교생활과 취미생활로 마음을 다스려야 할 것이다. 여유 시간이 많다 하여 유흥시간으로 때우기보다는 자신을 가꾸는 자기계발의 시간으로 활용하면 더욱 좋으리라고 본다.

뜻 없는 시간은 외로움을 만들고 외로움은 유혹에 쉽게 빠지기 쉽다. 부부의 애틋하고 아기자기한 사랑으로 흐트러짐이 없는 관계가 유지되도록 항상 자각하고 노력하여야 할 것이다.

김치는 묵은김치가 탈도 없고 맛있다고 한다. 오랫동안 지내온 배우자가 항상 최고라는 것을 빗대어서 하는 말이기도 하다. 텔레비전 연속극이나 소설에서 집 나갔던 배우자가 다시 돌아오는 경우를 종종 본다.

부부는 죽어서도 같이 가족묘에 안치된다. 사후에까지

영향이 미치는 것이 부부관계인 것이다.

설령 순간 잘못으로 탈선을 했더라도 바로 정리하고 복귀하는 마음 자세가 중요하다고 본다. 가정 파탄은 만들지 말아야 한다는 것을 강조하고 싶다.

제9장 부부가 해체로 가는 길

1. 각방

우리 부부는 내 나이 50대 중반까지 한방에서 잠을 잤다. 그런데 아내가 40대 후반부터 50대 초반까지 갱년기 증상이 나타나더니만 50대 중반에는 심화되면서 따뜻한 곳에서 잠을 못 이루는 체질이 되었다. 그래서 우리 부부는 자연스럽게 각방 부부가 되었다. 처음에는 옆자리가 허전하기도 하였으나 시간이 가면서 익숙해졌으며 여러 가지 장점이 생겨났다.

첫 번째 수면을 편하게 취할 수 있다.

두 번째 텔레비전 시청에서 내 맘에 드는 채널로 돌릴 수 있다.

세 번째 인터넷 이용이나 책을 읽는 시간을 자유롭게 가질 수 있다.

네 번째 모든 활동이 자유롭다.

다섯 번째 혼자 생각할 수 있는 시간을 많이 가질 수 있다.

그러나 반면에 단점도 있다.

첫 번째 부부간의 대화단절이다. 낮에 각자 생활을 하다 보면 대화할 시간이 별로 없다. 일부러 대화를 시도하지 않는 이상 이야기할 시간이 자연적으로 없어진다.

두 번째 스킨십이 없어지면서 부부간의 성생활도 소원해진다. 나이 들어가는 부부에게는 더욱 그렇다고 본다.

세 번째 가까이하는 시간과 공간이 없어지면서 부부간의 정감이 서먹서먹해진다.

참으로 다정한 부부라면 한방에서 평생 같이 지내는 게 큰 행복이라고 본다. 그러나 어쩔 수 없는 사정으로 각방을 써야 하는 경우도 있지만, 다툼 등 불미스러운 일로 각방을 써야 하는 경우가 있을 것으로 본다. 각방을 쓰는 경우에 대해 열거해 보면 다음과 같다.

1) 질병으로 인한 치료 요양 및 감염 등 경계목적

2) 코골이 등으로 수면 방해를 받아서 도저히 같은 방을 쓰기가 곤란한 경우

3) 배우자 외도로 같이 있기 싫어서

4) 성욕 저하 등으로 같이 있는 게 싫어서

5) 잦은 다툼으로 인해 각방 쓰기로 한 경우

6) 아이를 키우기 위해서(자녀부양)

7) 배우자끼리 자유로운 삶을 위해서

8) 공부나 독서, 인터넷 사용 등으로 배우자 공간이 필요한 경우

9) 회사 업무추진을 위해 사무실처럼 쓰는 경우

10) 부부가 체질적으로 같이 할 수 없는 경우

11) 부부간의 불만으로 인한 경우

각방에 대하여 좋게 말하는 경우도 있지만, 어쩔 수 없는 경우를 제하고, 부부는 서로 함께 살을 맞대고 사는 게 원칙이라고 본다. 노년에 들어서 더욱 스킨십의 중요성이 강조되는 부분에 있어서 그렇다.

부부는 해가 갈수록 더 가까워지는 게 아니라 공감도가

떨어지고 배우자를 오판하는 경우가 많아진다고 한다.

부부가 함께하는 년 수가 늘어갈수록 애정과 사랑의 표현도 점점 무디어 가고 생략되어간다. 거기에다 부부가 신체적으로 떨어져 지낸다면 무늬만 부부로 살아갈 염려가 있다.

정서적 안정과 신체적 건강을 위해서는 부부간에 애정을 확인하는 신체적 접촉이 많아야 하기 때문에 부득이한 경우를 제하고 각방보다는 합방을 권하고 싶다.

2. 별거와 졸혼

1) 별거

부부가 다툼 등으로 주거지를 달리하여 사는 경우이다. 이혼으로 가는 전 단계라 할 수 있다. 별거는 어느 한쪽 배우자가 이혼을 생각하면서 떨어져 사는 경우가 많다. 때로는 배우자가 자식들의 집에 머무는 경우도 있다.

2) 졸혼

졸혼이란 이혼하지 않고 서로 독립적으로 생활하면서 법적으로는 부부 상태를 유지하는 경우이다.

졸혼에 이르기 위해서는 부부 각자가 경제적으로 독립할 수 있어야 한다. 졸혼이 성립하기 위해서는 둘만의 향후 행동 계약이 자세하게 이루어져 있어야 한다고 본다.

졸혼에 합의되면 명시된 내용에 따라 서로의 생활을 간섭하지 못한다. 그리고 여타 가족과는 그 관계를 유지하면서 지낼 수 있다.

졸혼이란 말은 2004년 일본 작가 스기야마 유미코의 저서 『졸혼卒婚을 권함』에서 처음 등장한 신조어다.

요즘에는 졸혼을 조심스럽게 접근하려는 부부들이 늘고 있다고 한다. 그 이유는 황혼이혼보다는 낫다고 생각하기 때문이다.

3. 이혼

이혼이란 부부가 합의 또는 재판에 의하여 혼인 관계를 인위적으로 소멸시키는 것을 말한다. 완전히 남남으로 되돌아가는 것이다.

이혼은 되도록 하지 않아야 한다고 본다. 이혼 사유를 보면 그렇게 큰 문제가 아닌 경우가 많다. 일상적인 사소한 다툼에서 비롯되는 경우가 많다. 서로 간에 이해와 배려가 부족함에서도 올 수 있다.

■ 협의 이혼

협의 이혼의 경우 이미 당사자 간에 이혼에 관한 제반 조건을 합의한 경우라고 보면 된다. 가정법원에서 접수하고, 숙려기간을 거치게 된다.

숙려기간이란 이혼을 하지 말고 당사자 간에 잘 조율할

기회를 법원이 주는 기간이다.

숙려기간이 지나면 가정법원에서 이혼 진행에 대한 확인을 거친다. 일정 기간이 지나서 관청에 이혼 신고를 하면 된다.

■ 재판상의 이혼

재판상 이혼 절차는 다음 순서에 따라 진행된다.

1) 조정신청

재판상 이혼을 하려고 하는 사람은 우선 가정법원에 조정신청을 하여야 한다. 만약 조정신청을 하지 아니하고 이혼의 소를 제기한 때에 가정법원은 그 사건을 조정에 회부하여야 한다.

2) 관할법원에 신청서 제출

조정절차에서 당사자 사이에 이혼 합의가 되면 그 내용을 법원사무관이 조서에 기재함으로써 조정은 성립되고 이로써 혼인은 종료된다.

조정신청자는 조정성립의 날로부터 일정 기간 안에 이혼 신고를 하여야 한다.

3) 조정을 갈음하는 결정

조정절차에서 부부 사이의 의견대립으로 조정이 성립되지 아니할 경우, 조정위원회 조정 담당 판사는 조정에 갈음하는 결정을 할 수 있다.

이 강제조정결정도 송달 후 일정 기간 이내에 이의신청이 없으면 확정판결과 동일한 효력이 있다.

4) 소제기의 간주

앞서 본 바와 같이 가사소송법은 이른바 조정전치주의를 채택하고 있어 재판상 이혼을 하려고 하는 사람은 우선 가정법원에 조정신청을 하여야 한다.

조정사건에서 조정이 성립되지 않은 경우 당초 조정신청을 한때에 소를 제기한 것으로 본다.

5) 변론절차 및 판결

위와 같이 조정신청을 하였으나 조정이 성립되지 않은

경우 또는 조정신청을 하지 아니하고 이혼의 소를 제기하여 가정법원이 그 사건을 조정에 회부하였으나 조정이 성립하지 않으면 변론절차에서 주장과 입증의 공방을 거쳐 법원의 판결로 이혼 여부가 결정된다. 승소한 당사자는 본적지 또는 주소지의 관할관청에 이혼을 신고해야 한다.

이혼해서 잘 사는 경우도 있지만 더 불행해지는 경우도 많다.

단순한 배우자의 탈선이나 성생활 문제 등은 서로가 얼마나 이해를 해주느냐에 따라 이혼에서 벗어날 수 있다고 본다. 부부간에는 과감한 용서도 필요하다. 젊었을 때는 절대 안 된다고 생각했던 부분들이 지금 와서 생각해 보면 부질없는 짓이었다는 것을 느낀다. 사람이 살다 보면 더한 일도 수없이 당하고 산다. 말을 다 못하고 살 뿐이다. 더 폭넓은 마음을 갖고 주위 사람들의 충고도 받아들여 되도록 이혼의 길로는 가지 않는 게 좋다.

그러나 자신의 일생을 놓고 볼 때 평생에 걸쳐 불행이 예상될 때는 과감한 이혼도 필요하다고 본다.

■ 이혼으로 가야 할 경우

1) 배우자의 상습폭력

폭력도 고치기 힘든 버릇이다. 배우자의 상습적인 폭력으로 일생이 불행해지는 것은 막아야 한다.

2) 도박, 마약 등의 중독

도박이나 마약 등의 중독은 고치기가 힘들다. 평생에 걸쳐 가정 파탄에서 벗어나기 어렵다.

3) 배우자의 상습범죄

4) 가정을 파탄에 이르게 하는 낭비벽

낭비벽은 정신적으로 결핍이 있는 것으로 볼 수 있으며 고치기 힘들다. 습관적이고 중독성인 경우가 많다.

5) 가족을 등진 배우자 외도

제10장 부부생활의 회고

제10장 부부생활의 회고

나는 27세 때에 지인의 소개로 지금의 아내를 만나 결혼에 골인하였다. 나의 결혼관은 학력과 직업을 중요시하지 않았고 오직 청순한 아내를 기대했다. 시골에서 어머니를 잘 모실 수 있는 배우자를 원했다. 그 결과 동네에서 일 잘하는 여자로 통하는 지금의 아내를 만난 것이다.

결혼 초반에는 신혼살림이 깨소금이었다. 어느 신혼부부 못지않은 행복한 나날이었다.

그러다가 두 아이를 출산하여 가족이라는 걸 가졌고 아빠 노릇을 하게 되면서 새로운 세상을 바라보게 되었다.

우리 부부는 40대까지는 크고 작은 사연들이 있었지만 그런대로 문제가 없어 보였다.

50대 초반 아내의 자궁절제 수술과 갱년기에 맞닿으면서 성생활에 적신호가 켜졌다. 그때 아내는 갱년기에 대해 크게 걱정하지 않고 남들이 다 하는 것으로 생각하고 그냥 자연스럽게 버티면서 부부가 각방을 쓰게 되었다.

처음에는 아쉬움도 있었지만 시간이 갈수록 거기에 적응하게 되었고 오히려 편리함까지 느껴졌다.

나는 취미생활에 몰두했다. 사진, 대금, 국궁, 장구, 북, 장단, 소리 등을 배웠다. 지금은 여기에 서예와 글쓰기를 추가했다.

부부생활 40여 년을 넘기고 돌아보니 처음부터 잘못된 점들이 하나하나 보이기 시작했다.

'부부라면 이렇게 살아야 했었는데.'라는 생각을 하면서 많은 아쉬움이 후회로 남겨졌다. 이런 후회스러운 일들을 바탕으로 권하고 싶은 내용은 다음과 같다.

1. 결혼관의 확립

결혼 전에 배우자 선택은 신중하면서도 여러 가지 조건을 잘 따져 보는 안목을 가져야 한다. 나는 어떤 배우자를 만날 것인가를 심사숙고하여야 한다. 젊은 혈기에 현실적인 것만을 쫓지 말고 미래를 그려보아야 한다.

나는 무엇을 내 인생의 목표로 삼아야겠다. 그러면 배우자도 내 인생의 목표에 부합한 조건을 갖추어야 한다. 배우자는 따로 살아가는 게 아니라 일심동체처럼 평생 붙어 살아야 하기 때문이다. 즉 옆에서 내조를 잘해줄 배우자를 선택해야 한다는 것이다. 모든 조건이 원하는 대로 다 맞아떨어질 수는 없지만 절반 이상은 채워져야 한다고 본다.

살다가 맞지 않으면 헤어진다고 쉽게 생각하지만, 이는 각자의 인생에 있어 큰 아픔이고 불행이다. 후회 없는 결혼생활을 하려면 결혼관을 잘 가져야 한다고 본다.

2. 성관념의 확립

결혼관에 이어 성관념에 대한 확고한 의지가 확립되어 있어야 한다고 본다. 성에 대해 너무 잘못된 것을 우리는 보고 배웠다. 학교에서나 가정에서도 성에 대한 교육이 부족한 탓도 있지만, 본인들의 판단과 노력이 필요한 부분이다.

남들이 애인을 가지면 나도 가지고 싶고, 남들이 술집에 가서 즐겁게 놀았다 하면 나도 똑같이 즐겨보고 싶은 것이 인간의 기본적인 욕구라고 해야 할까? 이렇게 남들이 하는 것이면 다 하다가 방탕한 생활로 빠져들기 쉽고, 때로는 중독성이 있는 퇴폐 생활에 젖어 들기도 한다. 이런 생활에 빠지다 보면 헛된 낭비가 이루어지고 거기에 따라 귀중한 시간을 낭비해 버리기까지 한다.

이런 정신으로 부부생활을 한다면 만나는 배우자까지 힘들게 하면서 불행으로 이어지기가 쉽다.

이런 생활을 방지하기 위하여 몇 가지를 열거해 보자면 다음과 같다.

■ 올바른 이성관을 가지자

많은 이성을 만나기보다는 건전한 만남과 진지한 만남이 중요하다고 본다. 목적 없는 쾌락적인 만남은 자제하고 자기 뜻에 맞는 이성을 옆에서 지켜보면서 서로를 탐색하는 교제관이 필요하다.

많은 이성의 만남은 별 의미가 없다. 진지한 만남이 장래의 삶에 도움이 되리라고 본다. 양보다는 질을 보자.

■ 성적 유혹과 호기심에 빠지지 말자

우리 주변에는 성생활과 관련한 업소도 많고 주변 사람들과 어울림에서도 갖가지 형태의 성과 관련한 일들이 발생한다.

접대부가 있는 술집이며 노래방 문화, 퇴폐안마시술소, 퇴폐이발소, 성매매업소 등 발만 옮기면 바로 이루어질 수 있는 성적 유혹 행위가 곳곳에 항상 대기하고 있다.

이런 곳에 자주 드나들거나 빠지면 부부생활에 큰 타격을 줄 수 있다. 호기심에 해본다 해도 나에게 오점만 남길 뿐이다.

이런 유혹에 빠지지 않아야 하며 호기심을 가져서도 안 된다고 본다.

지나고 보면 성병 감염 우려 등 참으로 위험한 행위를 하였다고 생각할 것이다.

■ 다른 이성과의 사귐을 경계하자

다른 이성은 돌부처같이 생각해야 한다. 건전한 만남은 괜찮으나 깊은 관계에 빠지면 가정문제나 사회문제로 나아갈 수 있다.

■ 남들의 성적 경험담을 귀담아듣지 말자

사춘기 때 친구들의 경험담을 듣다 보면 나도 모르게 호기심을 가지게 된다. 나도 한번 해볼까 하는 모방심리가 생긴다. 대개의 경우 잘못된 성을 배우기 쉽다. 야담이나 야화 등에서도 그런 경우가 많다. 성인들 간의 성에 관한 대화에서도 마찬가지이다. 귀담아들은 성적 경험담은 잘못된 성지식일 경우가 많고 충동적이며 사회적으로 용인이 안 되는 부분들이 많다.

■ 포르노 등 성적 자극 저작물을 즐겨 보지 말자

포르노를 즐겨보다 보면 중독에 빠질 수도 있고 저질스런 성행위를 배울 수도 있다. 이로 인해 모방심리가 발동할 수 있다. 성인 만화와 유사한 저작물도 마찬가지이다. 강간이나 수간, 혼간 등 성문화에 악영향을 끼칠 장면들이 있어서 이를 실행에 옮길 수도 있으며, 모방하려는 위험한 생각을 가질 수 있다.

■ 순결한 마음가짐을 갖자

여기에서 순결성이란 성적 의미에서 몸을 함부로 하지 않음을 말한다. 남에게 부끄러울 것이 없는 떳떳한 몸가짐으로 자신을 지키고 유지한다면 순결하다고 할 수 있다.

이런 순결한 마음이 무너질 때 온갖 유혹에 빠지고 방탕한 삶과 무질서한 생활을 하게 됨으로써 사회적으로 지탄 받을 수 있다. 자신에게도 이로울 게 하나도 없다.

순결성은 누구를 의식해서라기보다는 자신을 지키는 한 과정이라고 본다.

순결성은 결혼과도 연계되어 있다. 참다운 행복을 추구하는 부부생활이 될 수 있는가를 가늠하는 중요 요인이라고 본다.

3. 부부관의 확립

내가 결혼해서 살게 된다면 배우자와 어떻게 살아가겠다는 계획을 세워 보는 것이다. 부부관은 살아가면서 생각해 볼 수 있고, 언제든 수정이 가능하다. 남의 부부가 행복스러워하는 모습에서 배워볼 수도 있고, 자신의 삶에서 배우자와 협의하여 정할 수도 있다.

몇 가지 내용을 들어보면 다음과 같다.

1) 서로 사랑하자.
2) 둘이서 삶의 의미와 즐거움을 찾자.
3) 서로 배려하고 이해심을 가지자.
4) 우리는 한편이다.
5) 잠자리에서 성의 본능을 일깨우자.
6) 항상 같이하는 삶을 만들어 보자.

7) 신뢰를 으뜸으로 여긴다.

8) 더불어 살아가는 삶의 지혜를 배운다.

9) 가정일에 대하여 협의하는 자세를 가진다.

10) 가사에 공동 협심하는 자세를 가진다.

11) 잘못을 따지기보다 서로가 반성해 본다.

12) 잘못은 용서하고 항상 감사하는 마음으로 서로를 위한다.

13) 힘들 때는 서로를 격려하고 위로하자.

14) 생에 끝까지 마음 변치 말 것을 맹세하자.

이렇게 부부관을 만들어 놓고 서로가 어렵거나 힘들 때 일깨우는 시간을 가져보자.

4. 건전한 생활관 확립

부부생활을 훌륭하게 하는 부부일수록 같이 하는 활동이 많다. 부부가 생활하면서 같이할 수 있는 분야는 매우 많다. 몇 가지 들어보면 취미, 봉사, 운동, 직장(일), 문화프로그램 관람, 여행, 산책, 등산, 독서, 가사일 등이 있다.

부부가 같이하는 활동이 많을수록 배우자가 이탈할 기회도 적어지며 삶을 윤택하게 할 수도 있다. 부부가 같이 함으로써 건전한 생활관을 가질 수 있는 분야에 대해 몇 가지 살펴보자.

■ 취미생활

취미활동 분야에서 부부가 함께하는 경우가 있다. 취미생활도 많은 시간 투자가 필요하다. 그러다 보면 자연스럽게 많은 시간을 부부가 함께할 수밖에 없다. 함께하는 좋은 취미활동도 건전한 생활에 도움이 된다고 본다.

■ 봉사활동

부부가 함께하는 봉사활동은 돋보일 수 있다. 또한 봉사활동 자체가 사회에 공헌하는 활동이기 때문에 건전한 생활관 형성에 크게 이롭다.

■ 운동의 생활화

부부가 함께하는 운동도 건강생활에 큰 도움이 되며 건전한 생활관 형성에도 좋다고 본다. 운동에는 헬스, 요가, 수영, 생활 댄스, 산책, 등산, 줄넘기, 배드민턴 등이 있다.

■ 정서 활동

정서적인 활동에는 영화 관람, 다양한 문화프로그램 관람, 도서관을 이용한 독서 생활, 글쓰기 등이 있다. 부부가 같이 정서활동을 즐긴다면 생활에 활력을 얻고 건전한 생활관 형성에도 기여하리라고 본다.

■ 부부 힐링healing

여행이나 등산, 유적지 탐사, 경관 좋은 곳 등을 통해 부부가 얽혀진 응어리를 힐링할 수 있는 기회를 갖는 것도 건전한 생활관 형성에 필요하다고 본다.

■ 근검절약 정신

낭비만을 좋아하면 가정 살림이 건전하게 운영될 리 없다. 항상 근검하고 절약하는 마음자세가 중요하다. 근검과 절약은 건전한 생활습관으로써 필수적으로 가져야 한다고 본다.

■ 가사 조력

집안 내 일들을 부부가 같이 처리하는 협동 작업을 말한다. 집안 여기저기 소소하게 부서진 곳을 직접 수선해 보는 것도 바람직하다고 본다.

집안일에 대하여 부부 스스로 해결할 수 있는 능력을 갖는 것도 보람된 일이다. 가사일은 서로 도와가면서 할 때 부부애가 더 좋아지리라고 본다.

■ 사람들과 어울림의 세상 만들기

부부만의 세상을 만드는 것은 따분하고 즐거움을 모르는 삶을 살 수 있다. 때로는 이웃이나 지인들과 어울리는 기회를 찾아보는 것도 변화 있는 삶을 구상하는 한 방법이다. 이도 건전한 삶을 살기 위한 방편이 아닌가 생각한다.

5. 가족관의 확립

부부로서 생활하다 보면 가족이란 것이 생겨난다. 부모님을 모셔야 하는 때도 있고 어린 동생이나 조부모님까지 모실 수도 있다. 여기에 출산한 자식들까지 같이하면 대가족이 이루어지는 경우가 있다,

이런 가족에 대하여 어떻게 부양하고 함께할 것인가에 대한 계획도 필요하다. 특히나 요즈음은 불편하신 부모님은 요양원에 모시는 추세라 어떻게 대비할 것인가에 대해서도 생각해 보아야 한다. 이런 문제는 혼자 결정하는 것보다 부부가 고심하여 협의하여야 한다.

옛날에는 가장의 권한이 컸지만, 지금은 그렇지가 않다. 필요할 때는 가장을 앞세우지만 불리하거나 이해관계가 얽히면 개개인의 주장이 강해지는 세상이 되었다. 따라서 가족회의라는 것이 생겨난 것이다.

부모의 부양은 어떻게 어디까지 할 것인지 구체적인 계

획이 있어야 하고 부수적으로 용돈 문제나 생활비 문제도 곁들어 계획되어야 한다.

자녀의 출산은 몇 명으로 할 것이며, 학원문제, 학교진학문제, 용돈과 뒷바라지문제 등이 있다. 가족관이 확립되지 않으면 멀쩡한 부모님을 양로원이나 요양원에 모시거나 부모와의 갈등으로 괴로워할 수 있다.

가족이 행복하려면 가족관에 대한 목표와 기준을 세우고 가족 구성원 모두가 하나로 뭉쳐서 가족애를 발휘하여야 한다. 또한 서로 협력하여 가족을 이끌어 나갈 수 있도록 다 같이 노력하여야 한다.

가족관의 확립에 있어서는 이상적인 뜻만으로 어렵고 경제적인 면이 관여될 수밖에 없다.

6. 집안 행사의 정립

부부가 집안 살림을 하다 보면 갖가지 행사를 치르게 된다. 자녀 결혼, 부모 장례, 제사, 가족 생일, 명절 지내기 등에 대한 행사를 어떻게 처리할 것인지에 대한 계획이 정립되어 있어야 한다.

혼기가 찬 자녀 결혼은 어느 정도의 예산에서 할 것인가에 대한 계획은 가지고 있어야 닥쳐서 추진하는데 혼선이 없다. 자식이 원하는 대로 다 할 수는 없기 때문이다.

부모에 대한 장례 문제도 미리 계획되어야 한다. 사후 어디에 모실 것인가, 화장인가 매장인가, 화장일 경우 뿌릴 것인가 아니면 납골당 안치인가, 매장일 경우 공동묘지인가 선산인가 등의 계획이 구상되어 있어야 한다. 사전에 부모의 유언을 들어 처리할 수도 있다.

제사에 대한 면에서도 요새는 간편하게 지내려는 추세이다. 부모님의 제삿날을 합하여 지내거나 시제에 함께 지내기도 한다. 교회나 다른 종교를 믿으면서 아예 제사를 안 모시는 경우도 있다.

가족 생일은 케이크cake을 사다 놓고 축하 파티를 해주는 경우가 허다하다.

명절에는 크게 설, 대보름, 추석, 동지 등이 있다. 대개의 경우 가족 모임을 생략하고 여행을 가는 경우가 많다. 참고로 우리는 설에 차례상도 차리고 가족 전체가 모여 세배도 받고 세뱃돈도 준다. 그리고 조상 성묘도 하고 친지를 찾아보기도 한다. 정월 대보름에는 찰밥을 해서 차례상을 차린 후 식구들끼리 찰밥을 나눠 먹는다. 마을에서는 대보름 굿도 치고 당산제도 모신다. 추석에는 차례상을 차리고 가족이 모여 성묘하러 간다. 동지에도 식구끼리 모여 동지죽을 쑤어먹는다.

그 밖에도 그 집안 나름대로 내려오는 각종 행사가 있으리라고 본다. 이런 각종 행사에 대한 추진계획이 정립되어 있으면 좋다.

집안 행사는 식구끼리의 단합을 위한 목적이 많기 때문에 그 의미가 크다. 가족 간에 친목을 다지는 방법으로 오락게임을 추천하고 싶다.

게임을 할 때 내기 상품을 걸어 놓고 하면 긴장감이 조성되어 효과가 있을 것으로 본다. 게임에는 윷놀이, 주사위 던지기, 화투놀이, 배드민턴 경기, 탁구 경기, 볼링, 골프 등 다양하게 많다. 그 밖에 가족여행, 야외 가족 텐트 경험, 해수욕, 물놀이 등도 있다.

7. 부부의 역할 분담

아무리 평등한 부부라지만 모든 걸 같이 할 수는 없다. 오히려 그게 비효율적일 수도 있다. 부부가 서로 역할을 분담하여 가정일을 꾸려나가야 효율적일 수 있다.

아내는 아내로서 해야 할 일을 하고, 남편은 남편대로 해야 할 일을 정해 놓고 하면 책임감도 있고 가정도 원활하게 돌아갈 수 있다.

특히나 주의할 것은 가정일에 대한 불만이다. 내가 더 한다거나 힘들다고 짜증 내면 부부싸움으로 이어지고 각자가 피곤해진다.

가정일은 남의 일이 아니라 나의 일이고 부부의 일이다. 그리고 부부는 평생 서로 봉사관계이다. 그냥 내가 더 봉사했다고 좋게 생각하면 된다.

어떤 배우자는 "나는 평생 가족의 일꾼이었다"라고 자신을 폄하하는 말을 입버릇처럼 하는 사람이 있다. 이런 말을 하는 사람은 자신이 가족에 대한 희생정신도 모르고 가족을 이끌어 가는 주인 정신도 없는 사람이라고 본다. 이렇게 생각하는 자신이 불행한 삶을 자초하며 살아가고 있는 것이다.

부부의 역할 분담은 이성간에 생리적으로 잘 어울리는 일들을 자연스럽게 맡으면 되리라고 본다.

8. 배우자의 지원과 응원

내가 배우자의 지원을 아쉽게 생각한 때가 승진 공부할 때이다. 육체적으로나 정신적으로 최악의 상태였다. 남들은 보약을 지어 먹이는 등 온갖 정성을 다하는 반면에 집에 오면 평상시 그대로이다. 힘들었겠다고 위로와 격려는 고사하고 옆에 오는 것조차 귀찮아했었다. 공부는 당사자가 하는 것이라고 일축해 버린 것이다.

배우자가 힘들어할 때 따뜻한 위로와 격려는 큰 힘이 된다. 그리고 어려울 때일수록 서로의 도움이 절실하게 느껴진다.

내조內助란 말이 여기에서 나온다. 집안 식구가 잘되면 온 식구들이 덕을 입을 것이다. 내가 당한 일처럼 열심히 도우면 상대방도 사기가 올라가서 더 좋은 성과를 거두리라고 본다.

그러나 무시하고 나 몰라라 하면 잘될 일도 안 풀릴 수 있다. 지원과 응원의 효과는 매우 크다고 본다.

매년 대학입시철이 돌아오면 학부모들이 교회나 절 등을 찾아다니며 온갖 정성을 드린다. 이런 효과를 노린 것이라고 본다.

배우자가 대외적으로 무슨 일을 도모하고자 할 때나 사업을 위해 열심히 일할 때는 내가 도울 일이 무엇인지 잘 살펴보고 물심양면으로 지원해 주어야 하며 응원과 격려를 아낌없이 보내야 할 것이다.

속담에 "백지장도 맞들면 낫다"라는 말이 있다. 하찮은 일도 서로 도우면 기대 이상의 효과를 볼 수 있을 것이다.

배우자가 잘 되어야 가정에도 좋고 나 자신에게도 이롭다. 배우자 간에는 후광효과도 있다. 배우자가 출세하면 나도 따라서 출세의 지위와 기쁨을 맛볼 수 있다. 나 자신이 잘 되는 것도 중요하지만 배우자가 잘되는 것도 그에 못지않게 중요함을 말하는 대목이다.

9. 부부 소통

옛 속담에 "구슬이 서 말이라도 꿰어야 보배"라고 했다. 부부간에 서로 진지한 대화가 없으면 상대에 대해 아무것도 알지 못하며, 도움을 받기는커녕 오해만 생길 수 있다. 아픈 곳을 만져주고 가려운 곳을 긁어 주도록 알려주어야 한다. 이게 소통이라고 본다. '알아서 해 주겠지' 라는 막연한 기대는 하지 않아야 한다.

부부간에 소통을 저해하는 요인은 다음과 같다.

1) 자기주장이 강할 때에도 대화가 이어지기 어렵다.
2) 승부욕이 강할 때에도 대화가 원만하지 못하다.
3) 무시하는 감정이 있을 때에도 대화가 차단된다.
4) 불리하면 윽박지르기도 대화를 차단한다.
5) 언어 전달 기술이 부족해도 대화가 힘들다.

6) 상대방을 이해해주려는 태도가 없을 때에도 대화가 힘들다.

7) 훈계나 충고는 진정한 목적의 대화가 아니다.

8) 서로 간에 관심이 없을 때에도 대화가 힘들다.

9) 대화의 필요성을 느끼지 못할 때에도 대화가 없다.

10) 평상시 대화가 없으면 말 붙이기가 잘 안 된다.

11) 의타심이 강할 때 대화가 줄어들 수 있다.

부부간에 대화를 원활히 하려면

1) 평상시 대화하는 습관을 가지자.

2) 대화 시에는 상대방의 의견을 들어주는 데 중점을 주자.

3) 대화에서 논쟁은 삼가자.

4) 중간에 대화를 막는 어떠한 행위도 해서는 안 된다.

5) 대화는 되도록 쉬운 말로 하려고 노력해야 한다.

10. 배우자의 사생활 보호

부부라면 숨김이 없어야 한다고 하지만, 그 이전에 인간의 기본권인 사생활의 보장도 중요하다고 본다.

우리나라 헌법 제17조를 보면 "모든 국민은 사생활의 비밀과 자유를 침해받지 아니한다."라고 명시되어 있다. 같은 법 제18조에는 "모든 국민은 통신의 비밀을 침해받지 아니한다."라고 되어있다.

이 조항에 따라 배우자라 할지라도 사생활을 침해하면 위법이 될 수 있다.

부부끼리라도 숨기고 싶은 비밀스러운 사항들이 있기 마련이다. 이를 굳이 알려고 하거나 밝혀버리면 그 후유증으로 배우자가 큰 상처를 받거나 부부가 파탄으로 갈 수도 있다.

배우자를 사랑하고 존중한다면 절대로 사생활 침해를 해서는 안 된다. 때로는 알고 싶은 내용이 있더라도 눈 감아 주는 아량과 이해심이 있어야 하고, 설령 알았다 해도 표면화하지 말고 숨겨주는 배려가 필요하다.

배우자의 휴대전화를 허락 없이 뒤적여 본다든지, 배우자의 우편물을 함부로 개봉해서는 안 된다. 가장 기본적인 인격의 문제이기도 하다.

11. 배우자에 대한 집착

부부가 서로 함께하다 보면 배우자를 통제하고픈 욕망이 생겨난다. 그렇다고 배우자에 대하여 이것저것 간섭과 함께 집착하다 보면 문제점이 생길 수 있다.

우선 배우자의 자유를 속박하고, 기본적인 욕구를 억누르며 주변 인간관계를 통제한다면 새장에 갇힌 새와 같은 상황이 되어버리는 것이다.

통제받는 것처럼 고통스러운 것도 없다. 사랑이란 이름으로 또는 좋아한다는 이유를 들어 배우자를 구속한다면 이도 감금이나 다름없는 행위가 된다.

부부 사랑이란 자유로움 속에서 여러 사람과 삶을 공유하는 인간다운 삶에서 찾아야 한다. 무엇이든 지나치면 고통이 되고 병이 된다.

배우자의 일거수일투족을 감시하는 눈으로 바라보면서 모든 걸 통제하려 들면 서로가 피곤해진다. 어느 정도는 서로의 믿음과 사랑으로 서로를 놓아줌으로써 자신의 생활을 찾도록 해야 인생에 후회 없는 삶이 되리라고 본다.

자유로워야 할 분야는 전화통화, 친구모임, 취미생활, 정서적인 활동, 신체적인 활동, 대인관계, 직장관계 등 수없이 많다. 부부가 파탄에 이르지 않는 한 자유로운 삶은 서로가 보장되어야 한다.

자유로움 속에서 더 진지한 부부의 삶을 찾아야 하리라고 본다.

12. 부부간의 나이 차이에 대하여

결혼에 있어 가장 많이 따지는 게 나이이기도 하다. 실제로 결혼하여 사는 부부간에 나이는 다양하다, 크게는 연상, 연하, 동갑이 있다. 나이 차이도 10년 또는 20년 이상의 차이가 나는 경우도 있다.

일반적으로 남자와 여자의 나이 2~5년 차이를 가장 이상적이라고 생각한다. 남성 우월이 아니라 남자가 연상이어야 가장으로서 그 역할을 다하지 않을까 싶다.

사실 부부에 있어서 나이 차이는 중요하지 않다. 종종 어떤 이는 세대차이가 난다고 말하지만 사랑이 결부되면 이런 차이는 모두 극복되리라고 본다.

서로 어떤 의미 있는 삶을 추구한다면 나이 차이는 문제가 없다. 결혼은 나이로 하는 게 아니라 여러 가지 조건의 합치로 이루어지는 것이기 때문이다.

나이가 더 젊다고 그 상태가 유지되는 것은 아니다. 노년에 가까워 지면서 건강의 문제가 더 중요하게 여겨진다.

13. 자기 관리

부부는 세상을 달리할 때까지 자기 관리에 힘써야 한다. 자기 관리에 성실할 때 건전한 부부생활을 영위할 수 있고 인생을 잘 마무리할 수 있다.

우리가 나이 먹어 늙어 감을 시詩적인 표현으로 "익어간다"고 말하기도 한다. 또는 태양이 아름답게 저무는 "석양의 황혼"에 비유하기도 한다. 부부는 끊임없는 자기 연마와 관리가 필요하다.

부부가 가꾸면서 살아야 할 자기 관리 분야를 열거하면 다음과 같다.

■ 건강

건강을 잃으면 다 잃는다고 했다. 돈과 명예도 그리고 힘들여 쌓아놓은 재산도 몸에 병이 있다면 다 무용지물이다.

부부는 서로의 건강을 관심 있게 챙겨야 한다. 영양가 있는 음식에서부터 유산소 운동 등을 통해 자신의 신체를 건강하게 유지하도록 노력하여야 한다.

■ 외모 가꾸기

외모 가꾸는 것을 소홀히 하면 안 된다. 항상 젊음을 유지하려고 노력하여야 한다. 피부 마사지를 하면 피부 경락 효과가 있다고 한다. 그러니 피부 관리에도 신경을 써야 하고, 헤어스타일에도 관심을 두어야 한다.

부부가 나이를 먹어 가면 외모 가꾸기에 소홀해지기 쉽다. 화장품의 사용은커녕 세수도 제대로 하지 않는 경우도 있다.

부부는 어찌 보면 백년손님이다. 항상 새롭게 자신을 가꾸어야 한다. 자신을 가꾸다 보면 정신도 상쾌해지고 신체 건강과 정신건강에도 좋은 효과가 있다고 한다.

■ 몸에 치장물 챙기기

의복이 날개라 했고, 의복을 어떻게 입느냐에 따라 그

사람의 인격이나 정신 상태를 가늠한다고 한다.

의복에 따라 분위기가 달라질 수 있다는 것이다.

오래되어서 낡아진 의복은 과감하기 버리고, 자기 취향과 최신 유행을 고려하여 가끔은 새로운 의복을 구입해 입어야 한다.

신발과 모자도 분위기 연출에 중요한 역할을 한다. 때에 따라서는 액세서리도 한몫할 수 있다.

■ 교양 가꾸기

겉모습만 잘 꾸민다고 자기관리가 다 된 게 아니다. 마음의 양식도 가꾸어서 쌓아두어야 한다. 마음에 든 것이 있어야 어디 가서든 이야기도 재미있게 할 수 있고 상대의 이야기도 이해심 있게 들어줄 수 있다. 특히나 배우자와 낭만을 즐길 수가 있다.

이를 위해서는 교양도서를 많이 읽고 문화관람 등을 통해 지식을 넓이고 취미활동을 통해 부단히 자기수양을 하여야 한다.

14. 배우자의 과거를 묻지 마라

결혼 초기에는 배우자에 대하여 모든 게 궁금하기만 하다. 특히나 배우자의 과거 연인에 대해 더욱 궁금해진다. 신혼부부가 신혼여행지에서 지난 과거 애인 관계를 털어놓았다가 귀가와 동시에 헤어지는 경우가 종종 있다고 한다. 따라서 지난 과거의 연인 이야기는 묻어버려야 한다. 몇 번을 물어봐도 절대 이야기하면 안 된다. 또한 교양과 인격이 있는 배우자라면 이런 과거를 물어봐도 안 된다. 알아봐야 깊은 상처로 남을 수 있고 이로 인해 결별할 수도 있다.

속담에 "모르는 게 약이다"라는 말이 있다. 배우자의 과거를 알려고 하는 것 자체가 어리석은 일인 것이다.

현재가 중요하다. 현재 배우자로서 마음의 순결성만 확인하면 된다고 본다. 앞으로의 미래가 더 중요하기 때문이다. 서로가 좋아서 결혼했으면 그까짓 과거는 덮어줄 수 있는 아량과 배려가 있어야 한다고 본다.

15. 과거 잘못은 과감하게 용서해라

부부가 살다 보면 많은 잘못을 저지르게 된다. 대개의 경우 이를 잊지 않고 같이 사는 동안 고문하듯이 괴롭히는 경우가 있다.

과거의 잘못을 자꾸 들쳐 내서 곱씹는 것이다. 이는 서로에게 아무 도움이 안 된다. 과거를 들쳐 내서 말하는 당사자도 마음이 아플 것이고, 자꾸 듣는 상대방도 마음이 아프다. 이는 부부간에 관계만 멀어지게 하는 결과만 자초하게 된다.

배우자의 지난 과거는 과감하게 잊어버리자. 과거는 과거일 뿐이다. 과거를 보면서 사는 사람은 우울하고 발전성이 없다고 한다. 또한 현실성도 떨어질 수 있다.

부부관계에서 과거사는 의미가 없다고 본다. 나이 먹어서 뒤돌아보면 다 하찮은 푸념일 뿐이다.

부부관계에서 과오에 대해서는 과감하게 용서해주고,

용서한 과거는 깨끗하게 잊어버려야 한다.

현실에서 새롭게 부부의 정을 만들어 행복하게 사는 것이 더 중요하다.

과거 잘못에 매여 배우자를 원망해 봐야 남는 것은 부부간의 갈등과 남 아닌 남으로 사는 무늬만의 부부로 전락하는 결과 밖에 없을 것이다.

16. 배우자에게 무시당하지 않으려면

배우자에게 무시당하지 않으려면 부단한 자기계발과 자기만의 특기를 연마하여야 한다.

특히나 능력 있는 배우자를 만난 경우에는 더욱 자신의 발전에 힘써야 한다.

평범한 부부의 삶을 사는 것 같지만 때로는 우열을 가를 기회가 오기도 하고 보이지 않은 멸시감을 느낄 수도 있다.

물론 완벽한 인격이 갖추어진 배우자라면 모든 것을 배려해 주겠지만 부부의 삶은 그렇게 넉넉하지 않다.

내가 배우자에게 뒤떨어지지 않을 때 자신감이 생기고 가정을 원만하게 이끌어 갈 수 있다고 본다.

배우자의 무시하는 태도에 연연하지 말고 그냥 넘길 것은 넘겨버리는 태연한 나를 만들어야 한다. 그러기 위해서는 나만의 철학을 가져야 한다. 철학을 가지기 위해서는 글쓰기, 특기계발, 전문가적인 위치 확보, 포용력 갖기, 자신감 기르기 등이 있다.

배우자에게 무시당하지 않으려면 다음의 조건 중 하나라도 만족하여야 하지 않을까 생각해 본다.

1) 가족을 부양할 든든한 직장이 있다.
2) 남들이 부러워하는 인기인이다.
3) 남들이 인정하는 능력인이다.
4) 사회적 지위가 있다.
5) 나만의 특기가 있다.
6) 많은 재산을 일궈놓았다.
7) 나를 가꾸기 위해 부단히 노력하고 있다.
8) 어떠한 고난도 이겨나갈 자신감이 넘쳐있다.

17. 효도관

옛날에는 부모의 효도관에 대하여 나름 강조 되었던 시절이 있었다. 그러나 지금은 세상이 변한 것인지 조금은 혼란스럽다. 자식의 천대까지는 괜찮으나 요양원으로 쫓겨나지만 않아도 다행이라고 생각하는 시대가 되어버린 것이다.

현실적으로 자식에게 의지해서도 안 되고 어떤 특별한 대우를 기대해서도 안 되는 세상이 된 것이라고 본다.

옛날처럼 자식에게 올인하는 시대를 벗어난 것이다.

지난 세월에 가만히 부모의 자식 사랑을 생각해 보면 우리에게 극진하였다. 뭐든지 자식이 우선이었고 최고였다. 그러나 자식이 성장하면서 부모에게 대하는 태도는 심각하다. 나이 든 부모의 발언에는 잔소리로 치부하고 무시와 무관심으로 일관하기 쉽다.

내가 다시 부모 되어 느껴보니 저 세상에 계신 부모님

께 죄스럽기만 하다.

부모의 효도는 큰 곳에 있지 않다고 본다. 우리가 조금만 관심을 가지면 효도의 길이 보일 것이다.

부모에 대한 효도의 길에 대해 몇 가지 들어보면 다음과 같다.

1) 부모의 말과 뜻을 존중하라.

2) 부모에 대하여 무시하거나 귀찮은 존재로 보지 않아야 한다.

3) 정기적으로 안부를 물어봐야 한다.

4) 부모님의 동태에 관심을 갖는다.

5) 부모와 같이하는 가족행사에 참여하여야 한다.

6) 부모의 생신, 어버이날 등을 챙겨드려야 한다.

7) 가끔은 부모와 대화시간을 갖는다. 전화상으로도 괜찮다.

8) 집안일의 의사결정에는 부모의 의견도 물어야 한다. 전체 가족회의에도 참여시켜드려야 한다.

9) 용돈은 성의껏 준비하여 드려야 한다. 부모는 돈의

다과를 따지지 않고 마음으로 받는다.

10) 부모에 대하여 항상 감사의 마음을 가져야 한다.

11) 어려운 일이 생기면 부모와 상담하는 마음자세를 가져야 한다. 상담을 통해 정감과 신뢰감이 쌓인다. 부모의 경험 철학과 삶의 지혜를 배우는 기회가 될 수 있다.

12) 편찮은 부모를 방치하거나 기피하면 안 된다. 아픔을 호소하면 상태를 살피고 병원 진료 등의 조치를 취하여야 한다. 그리고 걱정스러운 태도로 위로의 말도 해드려야 한다. 곧 부모님에 대한 관심의 표현이다.

13) 부모의 노후가 곧 나의 노후 모습이라고 생각하여야 한다.

14) 부모는 진실된 마음으로 모셔야 한다. 남의 눈치를 보면서 겉치레 적으로 대하거나 계산적인 공치레를 해서는 안 된다.

15) 부모 사후에도 그 뜻을 이어받아 조상을 정성껏 모시면서 형제간에 우애하여야 하며 이를 가족의 근간으로 삼아야 한다.

16) 부모에 대한 효도는 살아생전에 하는 게 진짜 효도다. 살아계실 때 성심을 다하여 효도하는 자세를 갖자.

18. 자녀 교육관

자녀를 올바르게 잘 키우는 것도 부모의 도리요 의무이기도 하다. 자녀는 부부의 인적유산이며 후대를 기약하는 씨앗과 같은 존재이다. 훌륭하게 키워서 다음 후대로 이어가야 할 것이라고 본다.

자녀 교육에 대해 다음과 같이 정리해 보았다.

1) 부모는 자녀의 본보기이다. 부모의 일거수일투족을 보고 많은 영향을 받는다.

2) 자녀교육은 모태(임신)로부터 시작이다. 임신기간에도 몸과 마음을 정결하게 잘 다스려야 한다.

3) 자녀교육은 어릴 때 집중적으로 이루어져야 한다. 성장해 버리면 바로잡기가 힘들다.

4) 순종의 미덕을 가르쳐야 한다. 순종의 미덕을 가르

치지 않고 방치하면 제멋대로의 문제아가 될 수 있다. 어릴 때에 기를 세워준다고 자유분방하게 놔두면 커서는 버릇없는 사람으로 손가락질 받을 수도 있다.

5) 잘못은 정확하게 지적해라. 잘못된 행동을 지나치면 그게 맞는 정당한 행위로 굳어질 수 있다. 이로 인하여 잘못된 습관이나 지식을 축척할 수 있다.

6) 꾸짖거나 나무랄 때에는 진지한 모습으로 야무지게 해라. 장난식으로 약하게 대하면 오히려 부모를 얕잡아 봄으로 인하여 아이의 나쁜 버릇을 고칠 수 없다.

7) 자녀의 인격을 존중해 줘라. 자식이라고 무시하고 함부로 대하면 반발을 살 수 있으며, 때로는 아이의 사기를 꺾는 나쁜 결과를 가져올 수 있다.

8) 거짓말을 하지마라. 대개의 부모들은 어린 아이 때부터 수 없이 많은 거짓말을 입버릇처럼 한다. 약을 먹일 때 입에 쓴 약을 달다고 하여 먹이는 등 거짓말이 스스럼없이 나오는 경우가 허다하다. 이런 거짓말로 인해 자녀에게 나쁜 영향을 끼치거나 장래에 잘못된 결과를 가져올 수 있다.

9) 잘못에 대해서는 사과해라. 부모라고 잘못을 덮어가

려고 하면 안 된다.

10) 격려와 응원의 말을 아끼지 마라. 자식에게 큰 힘이 될 것이다.

11) 칭찬을 자주해라. 단점은 덮어주고 장점만을 들어 많이 칭찬해 주어야 자식은 자신감과 함께 큰 꿈을 이룰 수 있다.

12) 자녀와 가깝게 지내라.

13) 폭력적인 방법보다 사리에 맞는 대화로서 훈계하여야 한다.

14) 자녀는 어릴 때부터 특기발굴과 계발에 노력해라. 어릴 적부터 익힌 기능은 평생을 갈 수 있고 장래 삶에 영향을 미칠 수 있다.

15) 독서의 생활화에 힘써라. 책은 간접 경험의 스승이다. 좋은 지식을 쌓는데 있어 책만큼 훌륭한 것은 없다고 본다.

16) 운동을 가르쳐라. 운동에는 호신술, 격기운동, 구기운동, 헬스 등 많은 분야가 있다. 운동을 하면 다음의 효과가 있다.

(1) 면역력 강화

(2) 순발력을 발달시킴.

(3) 힘이 생기면 모든 일에 자신감을 얻게 됨.

(4) 강한 체력으로 건강한 삶을 누릴 수 있음.

(5) 자신을 지키는 방어능력이 생김.

(6) 취미생활과 연계될 수 있음.

17) 여러 가지 체험의 기회를 만들어 줘라. 보통 학교생활에서도 체험활동을 많이 하지만 가족여행이나 야외활동, 체험프로그램 참여 등을 통해 체험을 많이 쌓아 보는 것도 실제 현장경험을 통해서 지식을 넓힐 수 있는 방법이라고 본다.

18) 용돈에 궁색하지마라. 사치와 낭비성이 아니면 필요한 용돈은 주는 것이 좋다고 본다.

19) 텔레비전 시청이나 오락게임, 과도한 휴대폰 사용을 자제 시켜라. 이런 것들은 학습 발달에 도움을 주지 못한다. 몰입하면 할수록 신체적으로나 정신적으로 안 좋을 수 있다.

20) 노동의 중요성을 가르쳐라. 이는 직업 교육과도 관련이 있다. 용돈 벌이로 일하는 보람 체험을 해보는 것도 좋다고 본다.

21) 근면과 성실의 자세를 갖도록 지도해라. 게으른 자와 불성실한 자는 자기발전도 없고 아무데도 쓸데가 없다.

22) 나쁜 친구는 멀리하고 좋은 친구를 사귀도록 지도해라. 나쁜 친구를 만나면 나쁜 길로 빠져들기 쉽다.

23) 부모는 자식의 상담자가 되어라. 자식의 고충을 항상 물어보아라.

24) 진정한 자녀 사랑이 무엇인지 생각하는 시간을 가져라.

25) 성장한 자녀에게는 자율권을 주고 지원위주로 해라.

26) 고통의 진가를 경험하게 해라. 너무 편안함만을 추구하다 보면 나태하기 쉽고 끈기도 없어진다. 결과적으로 끈기가 없으면 목적하는 바를 이루기가 어려울 수 있다. 삶의 고통에 대한 인내를 감내할 수 있는 정신단련을 시키는 것도 중요하다고 본다.

27) 독립심을 길러라. 자식을 예뻐한다고 너무 과잉보호를 하다보면 독립심이 약화될 수 있다. 심하면 성인이 되어서도 부모에 의지하는 경우가 있다. 그때서야 한탄해도 이미 때는 늦을 수 있다. 때로는 매몰차게 몰아세워서 독립성을 갖게 해주어야 자식의 장래에 좋다.

19. 외도外道

외도는 우연적인 분위기로 이루질 수 있고, 오랜 생각 속에서 이루어질 수도 있으며, 그냥 재미삼아 이루어지는 경우도 있을 수 있다.

가벼운 외도를 이유로 곧바로 이혼으로 가는 것보다는 용서를 구하고 마음을 풀어서 부부가 결별 없이 함께 함이 좋다고 본다.

누구나 어디에서나 그리고 언제나 외도의 유혹은 도사리고 있다. 가족의 행복을 위해서는 이런 유혹에 빠지지 않도록 노력하여야 할 것이다.

■ 외도로 빠지는 경우

1) 다른 이성에 대한 호기심

2) 다른 이성에 대한 호감

3) 배우자에 대한 반항과 복수심

4) 성 접대업소(유흥업소)의 출입

5) 잘못된 성에 대한 인식

영화, 소설, 포르노, 기타 성관련 자료에 나오는 성묘사 내용의 모방심리에 의해 일어나는 경우이다. 또는 지인들의 경험담을 통해 인식이 굳어진 경우도 있다.

■ 외도에 대한 용서 구하기

1) 진심으로 잘못을 구한다.

2) 믿음을 줄만한 행동을 한다.

- 휴대폰 개방
- 의심 질문에 성실히 답하기
- 나갈 때나 귀가하여 보고하기

3) 선물 등으로 마음을 풀어준다.

4) 되도록 같이 있는 시간을 더 갖는다.

5) 시간이 가면 믿음이 다시 형성되어 질 수 있다.

20. 배우자의 불륜不倫

배우자 불륜이란 외도나 탈선 등과도 비슷한 개념이다. 또는 포함하는 개념일 수도 있다.

불륜이란 뜻 자체가 사람으로서 지켜야 할 도리에서 벗어나는 것을 말한다.

민법에서는 부정행위라고 말하며, 배우자가 다른 이성과 성적 행위나 친밀관계를 가지는 것을 말한다. 이런 경우 과거에는 간통죄로 처벌되었으나 2015년에 간통죄가 폐지됨에 따라 민사상 손해배상을 청구할 수 있게 되었다.

사실 배우자의 불륜으로 많은 부부가 이혼하였다.

배우자의 불륜 사실이 드러나면 본인이 조사하거나 또는 사설탐정을 이용해서 뒷조사를 맡기는 경우가 있다.

대개는 화가 나서 우선은 불륜을 조사한다. 그러나 이 과정에서 피를 말리는 고통이 따를 수 있다. 조사에는 이혼이 전제되어야 한다. 이혼은 단순하지가 않다. 가족문제, 위자료, 재산분할, 주변의 시선 등을 생각하지 않을 수 없다.

따라서 배우자와 이혼 의사가 없다면 불륜에 대한 조사를 하지 않는 것이 좋다고 본다.

먼저는 배우자와 대화로서 불륜차단을 시도하는 것이라고 본다.

그 다음의 처리는 당사자의 판단과 처신에 맡길 수밖에 없다.

제11장 부부 예절

제13장 부부 예절

부부가 정이 들어 살다보면 격이 없어진다. 그래서인지 배우자를 함부로 하는 이가 많다.

부부로서 지켜야 할 예절은 있다고 본다. 부부가 다투다 보면 애들 앞에서 거친 욕설이 난무하고 분위기가 과열되면 집안 물건들이 분풀이 대상이 되어 파손되면서 신체폭력으로까지 연결될 수 있다. 둘 중 누구라도 자제했어야 했다.

서로 자신의 감정만을 앞세우다보면 분위기는 더욱 격화되고 가정 내에 살벌한 찬바람만 일게 된다. 이를 지켜보는 애들은 무서워서 눈치만 볼 뿐이다.

부부간에 서로 존대해 주지 않으면 남들도 쉽게 볼 수 있다. 내 배우자를 예로서 대해 주었을 때 남들도 부러운 눈으로 우러러 보리라고 본다.

어디 가서 다른 사람들한테 배우자를 탓하거나 흉을 보

고 험담을 하면 그 행위 자체가 자기얼굴에 침 뱉기처럼 어리석은 일이라고 본다.

자녀들도 부모의 일거수일투족을 보면서 무의식적으로 배우게 되어 있다.

부부가 서로 무시하고 함부로 하는 것을 보고 배우는 것은 자녀들이라는 것을 명심하여야 한다.

유교의 기본 윤리로서 삼강오륜의 한 조목으로 부부유별夫婦有別이 있다. 남편과 아내 사이의 윤리를 말하는 것으로 서로 공경하는 자세를 말한다. 부부는 가장 가까운 사이이지만 남편은 남편의 본분이 있고 아내는 아내의 본분이 있는 것이라고 보고 이를 각자의 자리에서 지키도록 가르치고 있다.

서로를 존중해 주고 그 예를 다했을 때 집안의 질서가 서고, 그 질서 속에 집안의 법도가 선다고 본다. 법도가 바로선 가정에서 흐트러짐이 없이 각자의 도리를 다할 때 개인의 출세는 물론이거니와 가문에 큰 힘이 길러지고 남들이 부러워하는 화목한 가정이 이루어지리라고 믿는다.

요새는 부부예법도 많이 바뀌었다. 옛날처럼 절대 순종의 시대는 지나갔고 명확하던 각자의 역할도 다소 완화되었다. 그러나 세상사에는 지켜져야 할 도리가 있고 일반적으로 따라야 할 상식이 있으며 준수해야 할 법이 존재한다. 이런 여러 관계조건을 따져서 각자의 할 일을 알고 정하여 열심히 본분을 다할 때 행복한 가정이 될 수 있다고 본다.

일신의 편의와 이기적인 마음에서 법도에 어긋난 행위를 할 경우, 서로 다툼이 발생하고 남들에 지탄에게 대상이 될 수 있으며, 더 크게 벗어날 경우 법의 심판을 받게 될 것이다.

부부의 예절에 대해 하나하나 열거해 보고자 한다.

1. 보고 예절

부부가 하루 일과를 보내고 함께하는 식사자리에서나 잠자리에서 자연스러운 대화로 하루의 추진과정과 결과를 말하면 서로 정보도 공유할 수 있고 협력할 방도를 생각해 보기도 한다.

듣다보면 평범한 일상이지만 부부라는 관계를 확인하는 자리가 되면서 일과보고를 통해 인생의 삶을 읽어보는 기회가 되기도 한다. 이런 대화를 통해 부부애도 길러지고 서로 간에 신뢰도 쌓인다.

부부는 이런 대화가 평생 끊이지 않아야 한다. 노년으로 갈수록 그 대화의 중요성을 실감하게 된다.

부부간의 보고 예절은 부부소통으로 가는 중요한 대목이기도 하다.

2. 순결純潔 예절

부부간에는 순결의 의무가 요구된다. 순결이란 몸과 마음을 정결히 함을 말한다. 특히나 다른 이성과의 관계에서 순결은 강조된다.

순결을 지킴으로써 부부간의 관계를 유지할 수 있고 서로의 사랑에 금이 가지 않는다.

순결을 지키기 위해서는 다른 이성에 대해 도를 넘는 나쁜 마음을 품지 않아야 하며 또한 그런 기회를 주지 않도록 노력하여야 한다.

배우자의 탈선도 순결의 의무를 위반한 행위이다.

다른 이성을 대할 때도 배우자가 시기나 질투심을 유발할 그런 행위는 되도록 삼가야 한다.

순결의 의무가 지켜졌을 때 순수한 부부의 행복한 삶을 약속 받으리라고 본다.

순결은 법적 의무이면서 부부가 응당 지켜야 할 기본 도리이기도 하다.

3. 협동 예절

배우자가 가사 일에 열중하고 있는 데 모른 채 하면 그리 서운할 수가 없다. 말이라도 "도울 일 없어요?"라고 물어봐야 예의이다.

배우자는 응당 도울 일이 있으면 당연히 도와야 맞다.

비단 일에서만이 아니라 살아가면서 필요한 부분에 대하여 협동정신은 당연한 것이라고 본다.

사소하지만 같이 움직여야 할 부분이 의외로 많다. 책상 하나 옮기는 것도 같이 움직여야 편하다. 때로는 부부가 같이 일을 추진하면서 더 좋은 아이디어를 얻기도 한다.

협동 예절도 부부가 함께하는 삶의 여정에서 필요한 한 과정이라고 본다.

4. 인사 예절

부부간에는 무촌이기 때문에 맞절을 하여야 한다고 한다. 부부 인사에 있어 그 누구도 어른은 없다고 본다.

아침 출근할 때 부부간의 인사는 큰 힘이 되고 활력을 불어넣어 준다. 여기에 다정한 스킨십이나 가벼운 키스 그리고 안아주기는 더욱 좋은 효과를 가져 올 거라고 본다.

'신혼부부에게나 어울릴 일이지' 라고 넘겨버릴 수도 있지만 나이 들어가면서까지도 유지된다면 부부간의 관계유지에 크게 기여할 수 있다.

어디 잠시 출타하거나 귀가할 때도 서로 인사를 나누면 마음이 흡족해진다. 인사말을 귀찮다고 생각하거나 '필요할까?'라고 생각하면 안 된다. 인사말은 항상 들어도 기분이 좋다. 나의 존재를 인정해주는 주문과도 같은 말이기 때문이다.

인사 예절에서 정감이 솟아나고 애정을 확인할 수 있으며 신뢰를 쌓아갈 수 있다는 것을 잊지 않아야 한다.

5. 식사 예절

옛날에 대식구가 함께 앉아 식사하던 시절이 그리워지는 것은 무엇 때문일까?

지금의 핵가족시대에다 각자 바쁜 일정 속에 혼자 식사하는 시간이 많아졌다. 냉장고에서 반찬 서너 가지 찾아서 후다닥 먹어 버리면 식사 끝인 시대가 되었다.

사람이 식사를 같이하고 차를 같이 마시는 시간에 많은 정감이 쌓인다고 한다. 초면인 사람도 자꾸 먹는 자리를 같이하면 가까워진다는 것이다.

부부도 되도록 식사를 같이 하는 습관을 들이는 것이 좋다. 어떤 이는 밥상 차리는 것 자체를 아주 귀찮아하는 사람도 있지만 부부가 식사를 같이하는 것도 정감을 나누는 시간이라고 생각해야 한다.

반찬을 맛있게 만들어 배우자와 식사시간을 가지는 것도 큰 즐거움이다. 밥상 차리는 것을 귀찮게 생각할 것이 아니라 행복을 나누는 시간이라고 생각하면 어떨까 싶다.

6. 침실 예절

침실은 수면을 취하는 곳이기도 하지만 부부가 성적 쾌락을 나누는 곳이기도 하다. 따라서 침실의 분위기는 조명이나 벽지, 침구류 색상 등이 아늑한 게 좋고 조용하여야 하며 단순한 환경이 좋다. 많은 그림이나 액자, 액세서리, 거울 등으로 요란스럽게 꾸며진 침실은 좋지 않다.

잠옷은 섹시하고 스킨십하기 좋은 디자인에다 부드럽고 감촉이 좋은 옷감이 좋다.

침실에 들기 전에는 몸을 깨끗이 씻고 가볍게 화장품을 바르거나 향수를 뿌리는 등 쾌적한 분위기를 만들어야 한다.

잠자리 대화에서는 무겁고 고민스러운 내용은 삼가고 유쾌한 일이나 성적 자극을 유발할 수 있는 감미로운 대화가 필요하다.

성생활 면에서는 항상 격려와 배려 그리고 칭찬이 필요

하다. 성 만족을 못 했다고 배우자를 질책하거나 무안을 주는 등 성욕을 감퇴시킬 수 있는 말을 해서는 안 된다. 발기부전의 원인이 될 수도 있다.

침실에 부부가 사용할 성 관련 물품(콘돔 등)을 사전에 준비해 놓으면 좋다.

그 밖에도 침실에서 갖추어야 할 예절은 많이 있다고 본다.

7. 대화 예절

부부간에 대화에서 상호 존대 말을 권장하지만 연애 시절부터 굳어온 말씨를 고친다는 것은 어렵다. 호칭에 있어서도 여러 가지 단어를 사용한다.

부부간의 대화는 수시로 이루어진다. 부부가 대화를 통해 말할 때 잘못하면 배우자에게 본의 아니게 상처를 안겨 줄 수 있다.

부부간에 대화는 솔직담백해야 하면서도 부드러워야 한다. 싸우듯이 말하면 안 된다.

농담이라도 농을 걸거나 욕설 섞인 말을 하면 듣기에 거북할 수 있다.

대화중에 쓰지 말아야 할 내용으로는 욕설, 무시, 멸시, 강한 자기주장, 부정적인 말, 비교하는 말, 야유, 사기를 꺾는 말, 흉보는 말 등이 있다.

배우자가 들어서 불쾌할 말은 생각해 보고 해야 한다.

또한 직설적인 표현보다는 우회적인 부드러운 표현이나 기분 좋은 말로 바꿔서 하는 것이 좋다.

부부간에 격이 없다 해도 말은 바로 배우자에게 직접적으로 영향을 주기 때문에 신중하게 때로는 예의를 지켜서 해야 한다.

부부는 평생에 걸쳐 서로 몸을 섞고 살아야 한다.

옛날 말에 "사위는 백년 손님"이란 말이 있다. 부부도 마찬가지로 "백년손님"이라고 본다. 그 만큼 서로 조심하고 지켜야 할 부분들이 많다고 본다.

예의를 잘 지켜내는 부부가 의외로 잘 사는 경우가 많고 금슬도 좋다.

부부로서 서로를 존중해 주는 자세가 매우 중요하다고 본다.

■ 부부 공용 호칭어

1) 여보 : 부부 사이에서 서로를 부르는 말로 가장 흔히 쓰인다.

2) 배우자配偶者 : 부부로서 짝이 되는 상대를 일컫는 말

이다.

3) 자기 : 연인처럼 가까운 사이에서 부르는 호칭이다.

4) 당신當身 : 부부간에 서로 상대방을 가리키는 말이다. 그러나 서로 싸울 때나 언쟁을 할 때에는 상대방을 얕잡아 부르는 말이 된다.

5) ㅇㅇ씨 : 이름에 씨를 붙여 호칭하는 것으로 다른 사람이 들으면 어색할 수 있다. 대개의 경우 처음 사귈 때 사용했던 버릇이 결혼해서도 그대로 쓰이는 경우이다.

■ 남편이 아내를 부르는 호칭

1) 임자 : 나이가 좀 많은 부부 사이에서 남편이 아내를 부르는 말이다.

2) 아내 : 결혼하여 남자와 짝을 이룬 여자를 일컫는 말이다.

3) 마누라 : 중년 넘은 아내를 허물없이 이르는 말이다.

4) 처妻 : 혼인하여 남자와 짝을 이룬 여자를 일컫는 말이다.

5) 안사람 : 남에게 자신의 아내를 겸손하게 이르는 말

이며, 윗사람이 아랫사람의 아내를 가리켜 이르는 말이기도 하다.

6) 집사람 : 남에게 자기 아내를 겸손하게 이르는 말이다.

7) 마님 : 지체가 높은 집안의 부인을 높여 이르던 말이다.

8) 안방마님 : 안방에 거처하면서 집안 살림에 대한 모든 권한을 가지고 있는 양반집의 부인을 이르던 말이다.

9) 주인마님 : 나이든 여자 주인이나 주인의 아내를 높여 이르는 말이다.

10) 각시 : 갓 결혼한 젊은 여자를 일컫는 말이다.

11) ㅇㅇ엄마 : 자녀 이름에 엄마를 붙이는 말이다.

12) 신부新婦 : 갓 결혼하였거나 곧 결혼할 여자를 이르는 말이다.

13) 와이프wife : 결혼하여 남자와 짝을 이룬 여자를 말하는 것으로 영어표현 방식이다.

■ 아내가 남편을 부르는 호칭

1) 남편男便 : 결혼한 남자를 이르는 말이다.

2) 신랑新郞 : 갓 결혼하였거나 곧 결혼할 남자를 이르는 말이다.

3) 바깥양반 : 아내가 남에게 남편을 이르는 말이다.

4) 부군夫君 : 남의 남편을 높여 이르는 말이다.

5) 주인양반 : 다른 사람에게 자기의 남편을 가리켜 이르는 말이다.

6) ㅇㅇ아버지(아빠) : 자녀의 이름을 붙여 호칭하는 말이다.

7) 오빠 : 교제기간 중에 사용하던 호칭을 결혼해서도 습관적으로 사용하는 경우이다.

8) 서방書房 : 남편을 낮추어 이르는 말이다.

■ 부부간에 대화를 나눌 때 주의사항

1) 존댓말 사용을 원칙으로 한다.

2) 욕설이나 비난적임 말투를 사용하지 않는다.

3) 몸짓에서 삿대질이나 비웃음 등의 저속행위를 하지 않는다.

4) 무시하는 말투를 쓰지 않는다.

5) 배우자의 말을 경청하는 자세가 중요하다.

6) 대화 도중 윽박지르지 않는다.

7) 이해가 안 되는 부분은 흘려듣지 말고 다시 설명하도록 한다. 말뜻을 충분히 이해하지 못하면 엉뚱한 판단을 하거나 배우자의 요구사항을 제대로 실행할 수가 없다. 말을 이해하지 못한 이유로 때로는 오해를 낳을 수도 있다.

8) 배우자와의 대화는 항상 부드러운 분위기 속에서 이루어져야 한다.

제12장 나가며

제12장 나가며

첫 만남에서 남자와 여자의 선택은 여러 가지 면에서 작용하여 배우자로 결정하게 된다.

낯선 이성들이 부부로 이어지려면 무엇인가 마음에 끌려야 한다. 얼굴이 예쁘다든지, 직장과 학벌이 좋다든지, 재산이 많다든지, 나의 처지에 맞아떨어지는 맞춤형이라든지, 그 사람만의 매력에 반하는 경우 등 허다한 이유가 있다.

만남의 시기별로는 피가 끓어오르는 20대에 배우자를 만나는 경우가 많다. 이 시기에는 혈기와 호기심 그리고 자신감이 있을 뿐 세상을 살아가는 데 있어 경험과 지혜도 부족하고 판단력도 떨어질 수 있다. 이로 인하여 부부간에 많은 시련을 겪기도 한다.

부부간에는 성생활이 대부분을 좌우한다고 말할 수 있다. 부부간의 성은 그만큼 중요하다는 뜻이다.

성생활에서 애정과 사랑을 이끌어 낼 수 있고, 공유하고 공감할 수 있는 마음을 이끌어 낼 수 있으며, 부부가 하나의 팀이라는 가족 형성의 울타리도 확인할 수 있다.

결혼 전에 형성된 갖가지 알게 된 지식과 경험 그리고 습관 등을 토대로 형성된 생각들이 새로 만난 배우자와 지내면서 이해 상충의 면들이 생겨난다.

이로 인해 갈등이 형성되고 다툼에서 다시 풀어지는 등의 반복 과정을 겪으면서 진짜 부부로 성장하는 것 같다.

어떤 이는 이 갈등을 무조건 수용과 무마로 일축하려 하지만 이는 받아들이는 배우자 측면에서는 큰 부담으로 쌓일 수 있다.

따라서 가끔은 다툼을 통해서라도 자신의 의견을 피력할 기회를 가져야 한다. 수용의 결과로 자신이 우물 안 개구리처럼 갇혀 불행한 삶을 살 수도 있기 때문이다.

이제까지 서술한 내용을 바탕으로 부부관계의 유지 방안을 요약하여 나열해 보면 다음과 같다.

1) 지속적이고 만족스러운 성생활

2) 지속적인 애정표현(대화, 스킨십, 애교스런 몸짓, 휴대폰 메시지, 편지쓰기, 작은 선물 등)

3) 관심 갖기

4) 표정 살펴보기

5) 봉사하기(안마, 등 밀어주기, 심부름해주기, 일 도와주기 등)

6) 서로 협력(협조)하기

7) 부부만의 시간 갖기(여행, 외출, 맛집 방문, 공연관람, 찻집 찾아가기 등)

8) 배우자 가족 챙겨주기

9) 배우자 가족의 애경사 참석하기

10) 부부동반 모임 갖기(직장, 친구, 동창, 형제자매, 동호회, 이웃 부부 등)

11) 자식들과 함께 오붓한 시간 갖기(어버이날, 생일, 기념일, 명절 등)

12) 가족행사 함께하기

13) 배우자 칭찬하기

(1) 배우자의 사기를 북돋아 더욱 열심히 하게 할 수 있다.

(2) 배우자로부터 사랑이란 선물로 돌려받게 된다.

(3) 배우자의 존재감을 키워줄 수 있다.

(4) 배우자의 기분을 더욱 좋게 만들 수 있다.

(5) 배우자의 자신감을 키워주는 말이 된다.

14) 배우자 장점만 말하기

15) 배우자 격려하기

(1) 든든한 아군임을 표현하는 말이다.

(2) 배우자에 큰 힘을 주는 말이다.

(3) 배우자의 열정을 샘솟게 한다.

(4) 배우자의 능력을 2배로 만들 수도 있다.

(5) 소침한 용기를 크게 북돋을 수 있다.

(6) 장래에 희망을 주는 말이 된다.

(7) 그동안 지친 마음을 풀어 줄 수도 있다.

16) 배우자의 기호, 의향 파악하기

17) 오해는 바로 풀기

18) 잘못은 바로 용서 구하기(화해와 평화를 가져올 수 있다.)

19) 늘 고마움을 표현하기

20) 기쁨과 슬픔 나누기

21) 존중하는 마음 갖기

22) 배우자가 좋아하는 것과 싫어하는 것 찾기

23) 배우자 의중 알기

24) 배우자 잘못 용서하기

25) 배우자에게 아량 베풀기

26) 배우자의 요구사항 들어주기

27) 배우자의 조언이나 충고 들어주기

28) 자식과 함께하는 이벤트 만들기

29) 경제적으로 도움주기

30) 다툼 후 먼저 사과하기

"미안해" 한마디로 상대방의 마음을 풀 수 있다.

31) 다툼에서 이기려 하지 말기

(1) 무승부가 최선의 방법

(2) 승복을 전제로 결론을 내리지 마라

32) 역지사지(입장 바꿔 생각해 보기)

33) 좋지 못한 지난 과거는 들추어 내지 말 것.

잘못된 지난 과거를 들먹이면 서로에게 상처를 만들고 부부의 관계만 멀어질 수 있다.

34) 부부간에는 되도록 벽을 만들지 마라.

부부간에는 마음의 문이 열려 있어서 항상 드나들 수 있어야 한다.

35) 평상시 부부간에도 예절은 있어야 한다. 단, 잠자리에서만큼은 격이 없고 편할수록 좋다.

36) 배우자의 의견 들어보기

(1) 보다 나은 결과를 이끌어 낼 수 있다.

(2) 배우자와 신뢰를 쌓는 효과를 가져올 수 있다.

(3) 교감의 효과가 있다.

37) 배우자에게 호감 얻기

38) 서로의 생각 인정해주기

39) 가정에 헌신하는 배우자에게 감사하기

40) 배우자의 친구는 내 친구처럼

41) 부부 기념일 챙기기(결혼기념일, 둘만의 추억일 등)

42) 유머humor로 배우자에게 웃음 선사하기

반면에 부부관계를 유지하기 위해 조심해야할 내용을 다음과 같이 요약해 본다.

1) 배우자의 친구나 지인에게 무례한 행동이나 언행을 하는 일

2) 배우자와의 성생활을 거부하거나 회피하는 행위

(1) 본인에게 성적인 문제가 있을 경우에는 전문가의 상담을 받거나 병원 진료를 받아 보아야 한다.

(2) 배우자에게 문제가 있을 경우 진지한 대화로 풀어야 한다.

3) 배우자와 거리감을 두려는 행위

4) 배우자의 사생활을 침해하는 행위

5) 배우자간의 예의를 무시하고 무례하게 행동하는 행위

6) 배우자의 취미활동을 방해하는 행위

7) 배우자를 격려나 배려하기보다 무시하는 행위

8) 시기와 질투를 심하게 표현하는 행위

9) 배우자를 속박하는 행위

10) 배우자를 다툼에서 무리하게 이겨먹으려는 행위

다툼이 더 심화될 우려가 있다.

11) 배우자를 협박하는 행위

12) 배우자를 폭행하는 행위

13) 도박, 마약, 술 중독, 약물 중독, 인터넷 게임중독,

성 중독 등으로 가정파탄을 유발할 수 있은 행위

14) 배우자를 핀잔주는 행위

15) 집안에서 일어난 책임을 떠넘기는 행위

16) 짜증을 자주 내는 행위

17) 집안일을 상의 없이 맘대로 결정하는 행위

18) 무단 외박이나 거짓 사유로 외박하는 행위

19) 배우자 집안을 흉보거나 욕하는 행위

20) 술 마시고 행패부리는 행위

21) 자기만을 위해 행동하는 이기심이 충만한 행위

22) 갖가지 핑계나 거짓말을 일삼는 행위

23) 출근 전이나 외출 전 바가지 긁는 행위

(1) 출근할 때는 들어서 기분 나쁜 말은 삼가야 한다.

(2) 기분 좋은 하루가 되도록 사랑스런 인사말을 하거나 가벼운 키스, 안아주기 등을 하면 좋다.

(3) 아침부터 기분 나쁜 소리를 들으면 하루 종일 컨디션이 안 좋을 수 있다.

24) 배우자에 대해 비하 발언을 하는 행위

25) 남과 비교하는 행위

26) 외도 또는 탈선하는 행위

27) 습관처럼 이혼을 선언하는 말

28) 배우자를 무시하는 행위

배우자는 무시하거나 멸시할 대상이 아니라 평생을 함께할 소중한 동반자 관계이다. 받들어 주고 존중해주어야나 자신이 행복해지고 배우자도 힘을 얻어 모든 일이 더 잘될 것이라고 본다.

29) 배우자의 사기를 죽이는 행위

(1) 배우자의 앞길을 막거나 방해하는 결과를 가져올 수 있다.

(2) 사람이 하는 일에 사기를 잃으면 목적하는 바를 이루기가 힘들어진다.

30) "당신은 항상 그래"와 같은 고정적이고 상투적인 말 사용

부부의 행복조건으로는 어느 하나만의 만족으로 행복하다 말할 수 없다고 생각한다.

인간은 빵만으로 살 수 없다는 말이 있다. 부부의 삶에 있어, 더욱더 많은 조건이 어우러지고 갖추어져서 조화를 이룰 때 행복감은 더 높아가리라고 생각한다.

마지막으로 이 책을 나가면서 진정한 부부의 행복조건을 다음과 같이 정리해 보았다.

첫 번째 경제적인 안정이다.

돈이 다가 아니라고 부정하지만 이를 무시할 수는 없다. 살림에 필요한 돈을 벌지 못한다면 궁핍한 생활이 될 것이다. 궁핍한 생활에 행복은 변명에 불과할 수 있다. 돈을 충분히 벌어들일 수 있는 경제적 안정이 무엇보다 중요하다고 본다.

두 번째 부부의 친밀한 관계형성이다.

부부간에 친밀감 형성은 매우 중요하다고 본다. 부부가 사정상 며칠 보지 못하고 떨어져 있다가 만나면 분위기가 서먹해지는 것을 느꼈으리라고 본다. 이런 서먹한 분위기에서는 좋은 감정을 가질 수 없다. 부부는 대화와 스킨십을 통해 친밀한 관계유지에 노력하여야 한다.

세 번째 둘만의 만족스러운 성생활이다.

인간의 원초적인 본능을 만족시킬 수 있는 성생활도 부부에게서는 매우 중요한 부분이다. 만족스러운 성생활을 위해 부부가 합심하여 노력해야 할 부분이라고 생각한다.

네 번째 자녀들과 더불어 단란한 가족의 형성이다.

부부가 함께하는 행복도 있지만, 자녀들과 함께하면서 생기는 또 다른 행복감이 있다. 자식이 잘 성장하는 것을 지켜보는 것 또한 큰 행복이다.

자녀로 인해 부부에 대한 결속력이 더욱 생길 수도 있다. 때로는 "자식을 봐서 참는다."라는 말을 많이 한다.

다섯 번째 부부를 중심으로 한 원만한 대인관계이다.

부부가 가정을 꾸려 살다 보면 친척 관계가 생기고 이웃 사람들과의 접촉 그리고 동네 사람, 친구, 직장동료, 지인 등 많은 인간관계가 형성된다. 이런 주변 사람들과도 잘 적응하면서 살아갈 때 그 어울림에서 또 다른 행복감을 찾을 수 있다.

둘만의 생활에 있어 즐거움이란 한계가 있다고 본다. 인간은 사회적 동물이란 말이 있듯이 서로의 어울림 속에서 인간의 협동적인 삶에 대한 기쁨을 찾을 수 있다.

여섯 번째 배려와 사랑이 충만한 마음자세이다.

부부간에는 배려가 중요하다. 서로 부족한 점도 많고 육체적으로나 정신적으로 다름이 너무 많다. 이 다름을 극복하려면 배려와 이해가 따라야 한다. 여기에 사랑의 훈기가 있을 때 둘의 관계가 더욱 좋아지리라고 본다. 배려와 사랑은 서로가 가져야 할 마음자세이다.

일곱 번째 서로의 신뢰감 형성과 존중해 주기이다.

부부간에 믿음은 생명력이다. 신뢰감이 없어지면 같이 살아간다 해도 부부로서의 존재감이 없어진다. 말 그대로 무늬만 부부인 것처럼 살아갈 수 있다.

존중감이 없으면 배우자를 무시하거나 무관심하기 때문에 자연스럽게 사랑의 감정도 없어지게 되어있다. 서로를 위하고 중하게 여기는 마음을 가진다면 사랑도 생기고 행복도 생기리라고 본다.

여덟 번째 행복감을 만들기 위해 서로 노력하는 자세이다.

부부의 행복은 누가 가져다주는 것이 아니다. 둘이서 만들어 가는 것이다. 살아가면서 서로에게 즐겁고 행복한 것이 무엇인지 늘 생각하며 살아가야 한다.

아홉 번째 신체적으로나 정신적으로 건강한 부부의 삶이다.

건강은 행복의 근본적 조건이다. 몸이 아프면 만사가 불편하고 짜증스럽기만 할 것이다. 부부가 행복하려면 신체적으로나 정신적으로 건강한 삶을 살기 위하여 노력하여야 한다.

부부는 개인적인 만남의 삶이 아니라 공동체의 삶이라고 본다.

부부관계가 이루어짐으로써 또 다른 많은 인간관계가 형성되고 계속해서 만들어져 간다. 이에 잘 적응해야 부부로서 면모가 굳건하게 바로 서리라고 본다.

부부가 서로 맞지 않을 경우 “궁합이 안 맞는다.”라고 말하기도 한다. 궁합은 정해진 것이 아니라 부부가 서로 합심해서 맞게 만드는 것이 아닌가 싶다.

육체적인 사랑에 빠지는 것도 젊은 한때이다. 나이 먹

어 가면서 육체적인 사랑도 시들해질 수 있다. 육체적인 쾌락보다는 정신적인 것에서 즐거움을 찾아야 나이 먹고 늙어가면서 보람되고 후회 없는 삶을 살 수 있다. 무엇보다 부부관계가 평생토록 원만하게 유지될 수 있다.

인간은 빵만으로 살 수 없듯이 부부간에도 여러 가지 조건이 갖춰져야 더 행복한 삶을 영위할 수 있다.

부부가 살다 보면 살림살이가 점점 늘어나듯이 서로의 정情도 돈독해지고 오붓한 보금자리와 더불어 어제보다 더 나은 오늘을 만들려고 서로가 부단히 노력해야 한다.

부부

처음 본 그대 모습

천사처럼 아름다웠어라

우연인듯 약속이나 한 듯

설레어 들뜬 만남

그대의 지순至純한 어여쁨이

온 마음을 사로잡았어라

하늘이 맺어준 사랑인가

우리가 이룬 사랑인가

그대와의 만남이

생의 기쁨이었고

삶의 보람이었네

가족이란 둥지를 틀어
인간사 사연 가득 채웠어라

젊은 한때는 몸으로 사랑했고
중년에는 가슴으로 사랑했으며
노년에는 관계의 정으로 사랑하네

부대끼며 살아온 길 회상하며
끝까지 보듬고 삶을 노래하리라

마지막에 우리는 어떤 부부였을까
물음표 찍어보리라

부부의 삶

초판 1쇄 발행 | 2023년 5월 1일

지은이 | 김영성
펴낸이 | 고미숙
편　집 | 구름나무
펴낸곳 | 쏠트라인saltline

등록번호 | 제452-2016-000010호(2016년 7월 25일)
제 작 처 | 04549 서울 중구 을지로18길 46-10
31533 충남 아산시 방축로 8, 101-502
전자우편 | saltline@hanmail.net

ISBN : 979-11-92139-30-2 (03320)
값 : 15,000원